〝ふう・ぶつ・し〟
一九八〇年頃　F百号

# 春の氷雪

―記憶の記録―

七瀬 清孝 著

櫂歌書房《とうかしょぼう》

栞《しおり》

一、最果て　3
二、境界線　17
三、現在地　39
四、行く春　53
五、槌音　69
六、出口　73
七、雪解《ゆきげ》　95
あとがき　213

# 一、最果て

世を忍びながら走り続けた夜行列車は、漸《ようや》く名古屋駅へと辿《たど》り着いた。

何一つとして伝手《つて》の無い、遠く見知らぬ土地への出発に当り、乗車賃の安さに加えて、寝てる間に現地に滑り込み、その足で活動を再開できるという両得感でこの便を選んだのだが、思惑通りに事は運ばない。

自らが招《まね》いた禍《わざわい》とはいえその重荷は断続的に容赦無く伸掛《のしかか》ってくる。時や居場所を移せば少しは千《ち》切れ裁《た》ち切れるやもの願いも虚《むな》しく、身体の隅《すみ》に陣取って蠢《うごめ》いている。

三ヶ月に及ぶ日々の残滓《ざんし》を、これでもかと纏《まと》い引き摺られる、その現実を夜通し思い知らされた車中だった。

多少の遅延など構わない身の上だったが、それでも定刻に到着したことを目の端《はし》で確かめながら列車を降りた私は、急ぎ足で淡々と行き交う出勤客に紛《まぎ》れ込もうとしていた。

日常が途絶え、とりたてて急ぐ予定の無い身と勤め人とは、当然向ける視線や足取りが異なる。その違和感が又、自分の置かれている立場へと意識を向かわせる。

それは淀む睡魔の中、線路《レール》の継目から伝わる一定の旋律と振動に心身を預けながら、白みゆく視界と明け切らぬ夜とをぼんやりと眺める内にやや薄れ掠《かす》れて行きはしたが、ふとした拍子に息を吹き返す。

もはや、性癖となった煩悶《はんもん》の習慣は、未知未踏の地では、ましてや再起を掛けようとする今では、邪魔になるだけの代物だったが、慚愧隠微《ざんきいんび》、その上それらすべてを被《おお》わんとする不安を抱えて、雑踏を歩いている。

下拵《したごしら》えなど皆無の出立で、土地勘はおろか知った地名も探る手順も手筈も無く、行き当りばったりの、意気地も意固地も持ち合わせない大きな迷子同然なのに、人の列から離れ、何をカムフラージュするつもりなのか必要も無いくせに、一端《いっぱし》の旅行者ぶって駅構内の案内板を見上げている。

まもなく今度はその狭量《きょうりょう》さが気に障《さわ》り始め、又物思いへと移行し耽《ふ》けていく。

「次の方どうぞ」

二度ばかし声を掛けられたのだろうか、頼りない心持ちで我に返ると、駅に隣接するバスターミナルの切符売り場の最後尾に、半ば悄然と並んだのを思い出す。

「小原《おばら》村へ行きたいのですが…どのバスに…」

「小原村?」

と首を傾げてオウム返す窓口の係員は、こちらの挙動風体を先より観ていたのだろう、怪訝《けげん》さを横顔に残して隣席の男に

「小原行きの便って無いよな」

と発しながら、机上の路線表へと視線を移す。

問われた隣の同僚も又、ちらちらと訝《いぶか》し気に私を観ながら、鉛筆を逆さに路線地図に這《は》わせている。

――バス便が無い…今日中には着きたいんだが…他の交通手段など皆目見当も付かない、弱ったな――

高を括《くく》っていた。今持つ、たった一つの命脈は小原村の工芸和紙の現場に立ち、叶うことなら働き口にしたいという勝手な想いだけだった。のっけから頓挫《とんざ》か、どうにかして辿り着かねば他に行く所は無い。

混濁を増す一方の頭では、名案代案も浮かばず、目も思考も宙を舞う。ややあって

「一旦、藤岡村まで行って、乗り換えれば行けますね」

微《かす》かな安堵の中、説明を聞き終えると、とりあえず藤岡までの切符を買い求めた。経験上、その料金の額で相当の遠隔の地であることは窺い知れる。だがこの窓口での遣《や》り取りで、かの地にバスで行く人など滅多にいない辺地僻村だということまでは考えが及ばないでいた。

ゆうべは夜行列車の通路に、古ぼけた旅行カバンを据え、それに腰を下し膝を抱えて一夜の大半を過ごした。乗り込んだ時から空席など疾《と》うに無く、座席に凭《もた》れて立つ人、広げて敷いた新聞紙に尻を据《す》え、雑誌を読む人も多く居て、狭っ苦しいがそこは行路の同伴者、どこかお互い様で譲り合っての車中だったのだろうが、失踪の身にはそのゆとりも感覚も無くて。

レールを刻《きざ》む音の中、眠れぬままに今更詮無いことに、重い心を浸《ひた》すのか、車窓に映る扁平《へんぺい》で物憂げな駄面《だづら》と、その背後に迫る闇ばかり見ていた気がする。明日の当ても無い門出の、外《ほか》の手立て

も思い付かない身の上を傍《かたわ》らに置いているというのに、それでも尚、これまでの事を覆水《ふくすい》と片付けられずに、抜け道を模索し続けてしまう、もはや呪縛と化した胸中が、そう簡単に穏やかに成ろう筈も無いのだが。

沈澱《ちんでん》した寝不足感と、これからどうなっていくのだろう、という垂《た》れ籠《こ》める不安で頭も身体も重かったが、

――こんなことでどうする。この不安は建設的不安だ。ともあれ、自分が決めた道だ、行ってみるしかない。日捲《ひめく》りの暦《こよみ》のように丸めてポイじゃないんだ過ぎ去った日でも……どだい安易に帰れる場所など俺には無いのだ――

と、再三再四、自らに言い聞かせてバスに揺られている。

所在無く眺めやる街並は、四年間住んだ博多の街と見紛《みまが》う程で、耳目に新しい地名だけが未知の地に居ることを時折自覚させる。

――あれ、そういえば路面電車や軌道が無い――

あって当然と思っていたものが無い。想ってもみないものに触《ふ》れた感覚は、自然、触《さわ》りたいへ移行すると聞いたことがある。だが今は忙《せわ》しく行き交う車やバイク、自転車を漕ぐ作業着、速足の背広、通勤通学の制服、伴う人声や生活音。見知らぬ人々の日常が、咎《とが》で深手を負った身にはまだまだ大儀で、どこか明けやらぬ薄日の中の風景然と素通りしてゆく程度なのだ。

それでも新しい一日の始まりの中、目的地へ一歩一歩近付く安心から来る人心地なのか、やがて

進む平野を取り巻いている山脈《やまなみ》が、記憶にある福岡より随分と遥かに遠く、起伏の少ない街路も納得がいき始める。

目指す小原村はどの辺か、どの山の懐か、どの稜線の向こうか、と漸く淡い期待も、不安の切れ間からプカと頭をもたげ出す。

二週間、いやもう一月《ひとつき》位経つのか、時系列での把握に狂いが……その頃、迷彩迷走することに疲弊疲労は限界に近かった。元々明晰な判断や深謀遠慮を巡らせる才覚も能も無い私は、三月に入るやいなや、年度変わりの時が退職には都合が好いのだろうという単純な理由だけで、日延べしていた辞職願を提出していた。

その夜、何げなく観ていたテレビが春の日展の工芸部門における小原工芸和紙の存在とその現況を報じていた。出品入選された山内某氏の作品の放映を観ていると、あと一月で仕事を辞めると日限を切ったことで生まれた、困憊《こんぱい》の遊び代《しろ》にその情報は這《は》うように入ってきた。

先ず、手漉《す》き和紙という、五感に届く呼び名。楮《こうぞ》や三椏《みつまた》の樹皮の繊維を取り出すことから始まる工程は、染色され絵を描く材料となったり、漉かれて紙に成りゆく様を伝えている。

元来は、一般的な和紙として、障子紙や襖紙、あるいは和傘などに使用されていたのかなと、画面を追えば、漉いた紙を幾重にも貼り合せ、上から漆《うるし》を塗り重ねて工芸品を創り出す人や、絵を描いて公募展へ出品する模様が紹介されていく。

ああ、こんな生活もあるんだ、という驚きは羨望へとふくらみながら、風穴の一陣となって活路を捜しあぐねていた私の髪膚を撫でた。愛知県西加茂郡続けて、産まれ育った地名とよく似た抄紙《しょうし》の郷のその村名を急ぎ書き留める。

そしていよいよ進退谷《きわ》まった私は、この一握りの手蔓《てづる》を頼り、縋《すが》る思いで今日までの日々をやり過ごしたのだ。


――プシュー。ん、なんだ？…ブレーキテスト？――

少し眠っていた。現実感の乏しい、感覚の虚《むな》し気と半睡の朧気の間《あわい》を、行ったり来たりしながらバスに揺られていた。どこか低い峠を越えたんだな。目は閉じたままでも、道路の曲り具合で高低広狭は大体解かる。乗換地点の藤岡村、その地までの距離も知らないのに、その所要時間を訊こうともしない脱力感。眠れないくせにやけに眠い。

答えの出ない模索、どこかに警戒心もある。勿論、後ろめたさは常にひっつきまっつきしている。ああ、不安で又、顔が平《ひら》べったく感じる。

どのくらい走ったろうか、まどろみの最中に到着した土地は、明日をも知れない身には、とてつもなく田舎に見えた。ここに働く場所があるとはとても思えない。しかも目指す地点はもっと奥だ。

平日の午後、道行く人など誰もいない。乗り継ぎのバスは一時間以上来ない。

――地図とパンくらい買っとけばよかったな、自分が何処に居るか解らない。やっぱ普通じゃなかばい――

自分の現在地を知るための用途が地図にあるとは今まで思ってもみなかった。どこか既視感を覚える風景、山一つ向こうが九州にも想える。居場所は変わっても前日とに峻別などできる筈もなく、日々は地続きであることを思い知りながら、ひだるく、そもそもが溺れまいと掴《つか》んだ望みに過ぎなかったのだろう、すべてが心許無くなってゆく。

ひなびた道端を行ったり来たり、放尿したり。とにかく行ってみるしかないだろう、と山河の先へと視線を向けるも二度三度。

乗客のいないバスが一台、速度を落として、目的地と反対方向へ通り過ぎる。〝豊田〟と掲示されていた。

数十分後に乗るべきバスが来るという確約と、ひき続き晴天であるという確信だけが、安心へと導く拠り所の今、提《ひっさ》げたカバンさえ、大した物もはいってないのに単なる携帯品でなくなっている。

やがて三、四人の客を乗せた小原行きのバスに乗り込み、右手中程の座席に着くと、一安心。これで寝てても辿り着ける。

いくつかの停留所を過ぎ、気が付けばバスは私一人の占用車。伸びる心身ではあったが、その内沈黙の気まずさも生まれ、取り繕うように運転席へ声を掛ける。

「終点まで行って、泊まれるような処ありますか」

「旅館が一軒だけありますよ」

小さな集落をいくつか抜け、一体どこまで登り続けるのか、と思い始めた頃、右手に真新しい橋が見えて来る。その橋を渡り終えると終点のそれらしき場所へと、緩《ゆる》やかに下《くだ》って止まる。

「旅館は、この旧道をまっすぐ行った所にあります」

――キュウドウ？――

迷う筈がない所でも、気に掛けて貰った物言いの案内を聞くと、ホッとしながら案外素直に、ありがとうと言えた。

抜け落ちていた感情が戻る気がしていた。

「……えらい処《とこ》やな…」

山間《やまあい》の集落を見回しながら思わず呟《つぶや》きが出た。多くの赤松の生《は》えた山襞《やまひだ》が覆《おお》うように迫ってくる。人口二千人にも満たない故郷の村でも、昔から旅館は二軒はあった。それはその土地の位置関係からくるところの交通や物流に伴う、人の動きに大きく左右されるので一概に大小の判断は難しいが、少なくともよそ者が食い扶持《くぶち》を得られる環境でないことは確かだ。

弱気がもたげたのか、選択肢の一つとして、今日中にもっと賑《にぎわ》いのある地域まで移動した方が、と少し戻ってみたがバスの姿はすでに無い。さっきのバスが折り返し運転で、本日の最終便。

その事を知った時の、諦めの潔《いさぎよ》さは、人生初か。

「退路は断たれた」

と口に出した途端、どこか嬉しくて、何かがいとおしい。そんな自身の心情を測りかねながら、宿を求めて歩を進めた。

奥の深い山々が集落を包み込み、旅館の裏手からは滔々《とうとう》たる水流を想わせる渓谷の川音が聞こえ、陽は早くも山陰に隠れて無い。

縋《すが》る想いを半ば隠して
「今晩、泊まれますか」

「……はい」

小さいが何かがパッと開く思い。他に宿泊客はいない模様。

風采と宿帳を上下にかいま見た女将《おかみ》は
「九州からですか、遠い所をどうも…」

と言いながら、返る言葉を待つ様子で事情を探ってくる。

「……和紙工芸の現場を観に来ました」

「それじゃ、暮れる前に案内しましょう」

この地に疎《うと》い私は、明日にでもするかと諦めかけていたので、その意外な申し出に有難く甘えた。

想像の数倍はあろうかと思われる川幅と水嵩《かさ》の上に架けられた、人道橋を渡ると、バイパスの用向きに造られたと思われる、広い道路へ出た。

——ということは、旅館や郵便局の並ぶあの道が元来の往還か——

などと巡らせながら後に付いて行くと、道路の右側遠方が異様に脹《ふく》らんで見える。所々に背の高い雑草が茂るだけで、低木の一本も生えていない薄茶色の土砂が、谷間《たにあい》を埋め尽している。

「二年前の集中豪雨での土砂崩れの跡です。その先の峠を越えればもう岐阜県です。この当りはお陰で通れるようになりましたが、まだ手付かずの所もあっちこっちに……奥に苅萱《かりかや》という地区がありましたけど、住人はここ数年で皆、土地を離れました」

道は、その先で途絶えている。集落も消えた。どん詰まり、まさにどん詰まりの状況がこの身と符合するのか、ものごとの輪郭がますますぼやけ、視野が狭《せば》まる思いの中で呟く独りごつ。

「……行き止まりか」

「そうです、今は行き止まりです」

問わず語りの女将の返事が、暗示のように身に迫り尾を引いた。

道路を横断し、棚田の裾へと取り付く。傍《かたわ》らの段々畑の脇をつづら折に登ると、やがて一軒の民家へ辿り着く。

引戸の敷居を跨《また》ぐと、踏み立った三和土《たたき》がすでに紙漉き場の一角で、ガン皮やミツマタの肉皮が束ねて積まれ、吊《つ》るされたものや重なった簀桁《すげた》を始め、頭上や隅に設《しつ》らえた棚には様々な道具類。

「夕餉《ゆうげ》の仕度がありますので」

と宿の女将は一足先に帰って行く。

窓の手前には大小の水槽、澄んだ水がたゆたゆと溢れ、流れ出ている。

「手漉き和紙には、この冷たい無機質の軟水が欠かせません。生命《いのち》です」

言葉の少なさが、かえってこの地での生活の厳しさを雄弁に伝えてくる。生半可な覚悟や、半端な好き嫌いだけでは生きて行きませんよ、と諭《さと》してくる。明日の見当も付かない現実を、どんよりと引き摺りながらも静かに受け入れている自分が居た。

積雪で陸の孤島となる厳寒期に、手も切れんばかりの冷水で紙を漉き、肌《はだえ》と色彩を追う。その雪と氷の世界での、厳《おごそ》かな姿を想うと、耐え忍んで生きることへの憧れが、束の間浮かんだ。

お礼を言って戸外へ出る。瑞々しい葉っぱに大輪の花を咲かせたところ葵《あおい》が、暮れゆく薄墨の庭先に佇み、静々と揺れていた。

あっけなく望みは潰《つい》え、道は途絶えた。これで行く場所も、帰る場所も無くなった。

清冽豊潤な清流と空気を、永遠に産み続けるだろう取り巻く山々、その山紫水明にソッと背を押されながら、翌朝、バスに乗る。

伝来の田畑を耕やし、山や川の恩恵を授かりながらも、この僻遠《へきえん》の地で家庭を存続させることは、苦しみや辛《つら》い事の方が多いことは私にも少しは解かる。繁農の合間に、家族総出で樹皮を剥《は》ぎ、紙を漉く。永々と営み続けて、もはや自然の一部と同化した人や仙郷に

――ここは、あんたの来るとこじゃなかばい――

と遠慮がちに拒絶されているような気がしていた。

掴《つか》んでいた物は、単なる藁すぼだったのか、それとも藁稭《わらしべ》か。今再び、暗中模索の空《うろ》に浮遊することになったが、新たなとば口に立ったような気もしていた。撫で咲く薫風、川音も心無しか心地良かった。

早朝に乗ったバスは豊田行きだったのだが、行く当て所《ど》も土地勘も無い我が身は、昨日乗り継いだ藤岡での降車を選んだ。トヨタの豊田とは知る由もなかった。その知見があったなら、トヨタ自動車の臨時工かその関連に職を求めていたかもしれない。

――地図の無い自分、地図に無い自分――

今日の行方《ゆくえ》も、今夜の宿も定かでない人間の頓珍漢ぶりは、ある種、平和惚《ぼ》けの日々を送ってした身には、本人でも難解な所もあり、どこか操《あやつ》り人形にでも成った気がする。

自分の居場所も目的地も、距離も方角も、今日明日《あした》の天候も、なーんも把握していない、できない人間は、実際に視野が狭くなり、身体の軸が定まらず、常にふらつき感がある。

不安に搦《から》め捕られ立ち竦《すく》み、混沌とした中での考察は何にも役立たないことに思いは至り、すでに勘に任せて動き始めている。頼るべくは主観、直感、第六感。

〝尾張、瀬戸際〟

何とはなしに心境に符合したのか、そう掲示されたバスに乗り込む。車内アナウンスですぐに間違いに気付くのだが、このまま身を任せるより、どの道手立ては無い。

だらだらと続く山間《やまあい》の道をバスは進む。

――ん？ 尾張《おわり》……あの日本史で習った尾張か、美濃、三河、尾張のあの尾張か⁉ あの織田信長の尾張か⁉……嘘だろう、なして、俺がその地におるとや――

戦国時代と称されるあの乱世に、各地で武将らが群雄割拠し、生命と領地を巡って攻防を繰り広げたその土地に、今現在自分が居ることが信じられない。ということは、木下藤吉郎はひょっとしたら、この辺りの出身かも知れない。ちょっと待てよ、ということは瀬戸際の名古屋は、城で持ち堪《こた》える、ではなかったのか。

——終わり、名古屋は城でもつ……？——

ますます取っ散らかってくる頭で、強く決心した。

——瀬戸駅に着いたら、真っ先に地図を手に入れよう。地図が無いと何も始まらんばい——

一つ目的ができ、脈絡のある思考ができたことで、少し自分を取り戻している。光の見えない不安も小さくなっている。てんでんバラバラだったものが、渾然《こんぜん》としてくる実感がある。

峠を下だり、やがて雲興寺という古刹を偲《しの》ばせる蒼古な構えを、見上げながら過ぎる。その軒先に一瞬見えた一抱《かか》えはあろうかという杉玉は、場所柄からしてスズメバチの巣だったのか。

——雲と興《おこ》れや、武田武士か……何か関係あるのかな——

「次は、赤津ー」

えっ、まさか開かずの踏切りか。そういえば彼女は陽水が好きだと言ってたよなあ。ああ、また遠野の山河が九州に想える。浮かび上がる福岡の惨状。またもや、呵責で塞ぎだす気分、狭窄《きょうさく》する視野。

## 二、境界線

実は、数日前まで博多の町の、とある特定郵便局の窓口業務に携《たずさ》わっていた。四年間という歳月、それは私にとっては、倍程の長さに匹敵《ひってき》する月日だった。

昭和二十七年生れといえば、団塊《だんかい》世代の末尾の更に最後尾《さいこうび》か。その上、寒村の農家の次男坊とくれば、半数近くは中卒で社会に出ていた時代。日銭《ひぜに》が入ると聞けば商売人、手に職をと聞けば大工か床屋、食いっぱぐれがないと耳にすれば食堂のオヤジ、定収入と制服姿に憧れを抱けば、国鉄の駅員。中二の進路調査書には、その都度《つど》違う進路を書く始末。

それが、高度成長を続ける経済に牽引《けんいん》され始めたのだ、地方での生活も。高校くらいは出とかんと、という風潮に急速に変わっていった御時勢だった。

「県立なら行って良かぜい」

父親のその一言で、高校進学を決心するのだが、片道二十kmのバス通学の定期券代だけで一月三千六百円。ヨイトマケの日傭取《ようとり》の日給の約一週間分とあらば、現金収入の少ない我家にとっては、かなりの痛手いや出費。申し訳ないやら有難さで、卒業後の就職だけはきっちりと、と。

校域が朝倉郡と浮羽郡に跨《また》がる事でその名が付いたと聞く、朝羽高校普通科。農業科と家政科を併せ持ち、全校生徒七百五十名程。

「あさはか。ふつうか。アサハカ、フツウカ……」

入学したてに交された問答が、呪文《じゅもん》となって感化された訳でも有るまいに、時間の浪費か有意義かなどには見向きもせず、心体は楽で楽しい方にばかり行きたがる。教科書以外の書物は手にもせず、インパール作戦前後の背景は知ろうとはしないで、ブルマの裂音《さけおと》だ、やれ走れエロスだ、それ、金色よまただキンカクシと耳目に触れる語呂を捩《もじ》るばかりの雅笛《もがり》ならぬ振り笛で笑い興じるだけ。正真正銘の浅はかさが露呈しても疑問にも思わないどころか、次なるネタを探し回る阿呆。世の中の皮相だけを眺めて、一歩も掘り下げず、自由という吸盤に頼って、目の前の壁だけを這《は》っている井蛙《せいあ》同然だったのだ。

——部活動にも属せず、当然ひたむきになる対象に出会うことも無い我が身。明日のアンビシャスより今日のアンダーシャツってか。就きたい職業はって？　裏方志向、そう半画家の——

卒業生を送り、半ばところてん式に進級はしたが、春風駘蕩の日々は変わらず、このまま、戸袋の中の無垢な椋鳥《むくどり》のまま社会に出るのかと思案し始めた頃、思い懸けない試練話を得た。

営業を始めて二年位なるか、叔父の大衆食堂が博多の、とある町にあった。近い将来、田舎を出る甥っ子に、一度都会の風や空気に当っとけと、アルバイトに誘ってくれたのだ。高二の夏休みだった。

電話の掛け方ひとつ知らない、山出し。農作業と違って、手伝えることは何も無い。始めて上《のぼ》る、アパートという住居の外階段。肌着のシュミーズ一枚で、出前を受け取る女性、その背後に寝そべる男の、背中から上腕部までの刺青《いれずみ》……。

私と変わらぬ年端《としは》の若者が、陽の高い内から七分袖で屯《たむろ》い、煙草をくわえてプラプラ歩く、たがの外れた猥雑な界隈……。

一日中陽の届かない調理場。その背後の一隅には、三六時中、点けっ放しの弱火の鍋に豚の頭が丸ごと、湯気を立て続けている。

立てば足元、横たわれば枕元に出没する、源五郎によく似た動きの素早い昆虫、初《はつ》体面……。

叔父とその友人と私、三人で床をとる穴間は、浅熱の坩堝《るつぼ》と化した三畳間。夏安居《げあんご》か、都会と呼ばれる所は……。

軒を接する露地と、その又奥のひっそりとした袋小路。覆う澱んだ空気と臭気。只物珍しいばかりで、この町での二週間を過ごした。

実家へ戻る車中で気付いた。高三に成って始めても遅いぞ就活。杷木での乗り継ぎの合間、朝日堂書店で手にした公務員の過去問題集。産まれて初めて買った書物がそれだった。バイト代の残りが半分程になった。

時は流れる。その間、三億円強奪、東大は安田講堂における攻防等々、与《あずか》り知らぬ事件で世間は何かと物々しく、一方で大阪万博に代表されるような祭事も歓迎される風潮なのか煽《あお》りなのか、騒々しかった時世。

二ヶ月後に卒業、そして社会へ、の矢先、とあるクラスメートが

「柳瀬は大学行かんと？　行くなら願書、一緒に取っとこか」

「……？　行かん。もう就職の採用通知待っとるとこよ」

「福大の二部よ。知らんと？　夜間の商学部があるとよ」

全く知らなかった。そもそもが進学の線は端《はな》から無かった。それで調べもしない間抜けさ加減。

それまで最終学歴は自動車学校と決めていた。

——じゃ何で進学クラスを選んだかって、そりゃあ…ガラの悪か連中がみんな就職コースば選んだけんたい——

実を言うと、この頃同時進行で、県の採用通知も心待ちにしていて、三月には運転免許を取る予定。

すべてが予定ですべてが未定。住む所も探さねばならないが、勤務先も未定では動きようが無い。

親に話せば、テレビから流れる学生運動の余波を受けたのか
「夜まで学校行くこたいらん、うそうそしよると危ねえぞ」

と母親。父は座して語らず、の願書の〆切間際《まぎわ》の一夜。

物事の決断に際し進捗次第では両天秤に掛ける猶予も許されない時がある。来たんだ採用面談の通知が。そして置き薬の箱を隅々まで探したんだ。飲み薬はないか、つける薬はないのか馬鹿に、と。

郵政事務官の仕事が、まさかの窓口業務だったとは。迂闊にも程がある。直接人と対面する仕事は私には向かない。事務的に、しかも流れ作業みたいに。

——そのことは誰もが信じないだろう、別段、人当りが悪い訳じゃないし、容姿だって普通だ

ろう。ああ、方言は抜け切ってないが、その気になれば時間の問題さ――

それは体験に基付いたものだろうか、概して田舎の人に多い傾向にあるように想える。言ってしまえば感情移入が下手糞なのだ。余興なら問題ないが、それが仕事となるとそうはいかない現実。

斯《か》くして、取り敢えず晴れて社会人となり、併《あわ》せて大学生にも成れた。だが内心は曇り空続きで、晴れ間は少ない。

仕事は覚えた。しかし他人の人生を生きてる感覚には慣れ親しむことはできなかった。この仕事を生涯続けていくことは到底無理と観念し、一つの仕事をし続けることは、こなすこととは又別の能力を要することを知った。そこで思い起《た》った手が、親の反対を無視してまで進んだ大学だ。二部とはいえそう簡単に止めることは許されない。四年間の辛抱や、と期限を切ることでこの難局を凌《しの》ぐことだった。だがそうは問屋が卸さない。

学業も然りで、採用試験が済んで一旦閉じられた向学心は萎《な》えたまんま。青雲の志も別段の覚悟も持たずに入学した若輩には、せっかくの講義が上滑りしていくだけで、いつまで経ってもまるで他人事《ひと》のよう。専攻が筋違い、お門違いじゃないかって、そう多分柔軟性と適応性の備蓄が品薄なのだろう、どうかしようにも環境に同化できないでいる。責任転嫁、自己弁解であることは百も承知。学舎と住居が近すぎたことが逆に足を遠のけてしまった事も一因で、いつでも行けるという油断はいつもは行かないへと帰結する。学校が近い子ほど遅刻が多いの譬《たと》えだ。

蓮の葉繁るお堀に架かる下《しも》の橋から大手門、その脇の小高い石垣の上。かつての黒田官兵衛が隠居所、御鷹屋敷の跡地に通うべき校舎は建っていた。そして下宿はその目と鼻の先、こともあろうか城内町だ。懸念は当った。元来不精な処のある性格を、親も自身も見抜いていたのだ。

――外にも親の目からしたら多分……――

期限を設けてはみたものの、本質の改善が見られない生活。当然前向きに成れる筈もなく、後は推《お》して知るべし、涼と泡銭《あぶくぜに》を求めて足繁く通うパチンコ屋。ドツボに嵌《はま》ってさあ大変、という危い成り行き。

仕事に寄り添えない時間は、遅々として進まず、苛立つ日の長さは試練に似て異なり。目下《もっか》の楽しみは、半ドン給料ボーナス日。だがしかし、朝夕二食付きの下宿代は値上りして一万円。ツケの昼飯代等を払えば給料袋に万札の御姿はめったに残らない。うっ憤を払い、空虚さを埋めるには当然足りず、やれ泡銭だ質屋通いだとの悪循環、自ら首を締めている自覚はあるのだが。多くの健全な人にしてみたら、取るに足らない懊悩の芽か火種を孕《はら》んだまま、又遣り繰りの月日が始まり、繰り返されること数ヶ月。

大学から実家へ、単位取得不足の通知が届いていた。

「おまえは、ちゃんと学校行きよるとか？　こんなもんが来とったぞ」

帰省の折に一通の封書を差し出しながら、母が言った。

「……ああ……」

懶惰《らんだ》な日々を送る出《で》け損《そこ》ないには、倦《う》んだように応えるよりほかなかった。

大学は一、二年次で取得する単位の合計が、一定の数に届かないと三年へ進級できない。一学年に凡そ一割ずつ退学者の出る夜間部。やはり昼の仕事との両立の厳しさは、その数字に表われている。勿論、私の場合は当て嵌《は》まらない。局の同僚や上司は、通学に配慮し声も掛けてくれる。それはサボり捲《まく》っている身には心苦しいやら申し訳なさで居辛くさせる。本末転倒は解っているのだが。

――能力の需給関係で、ネは上がり続けている――

下宿を移った。早三軒目だ。最初は大濠公園まで数十ｍの好立地だったが廃業。二軒目は同じ町内で階下には大家が三世代四人で住んでいた。何の不満不足も無かったが、ある日銭湯の帰りに立ち寄った、吹き溜りのような友人の住まいに、その棟割り長屋然とした有様に惹《ひ》かれた。今にも八つぁん熊さんが出没しそうな、部屋の並びに惹かれた。これまで寝起きする部屋には割と無頓着だったが、初めて目にした一人部屋。自由と気儘さがこぞって手招く。

早速引っ越したが、自律が苦手な者はやはり自立し難く、隙あらば自堕落へまっさか様は目に見えて来る。住人には専門学校生も居たが学生だけではなかった。得体の知れない若者が頻繁に入退去を繰り広げながらの、まさに野面積《のづらづ》みの石垣のような十人十色の有りよう。

大家は六十前後の夫婦で、オヤジの方は時々仕事に出ていたが職業不詳。別棟に家族四人で住んでいて、台所兼食堂は下宿人と兼用。

と、この頃まではしばらくの間、実直な暮らし振り。というのも二軒目の下宿である事件に巻き込まれ、身につまされたり、思い当ったりした成果なのだが。

それは職場に掛かってきた一本の電話が始まりで、貸したレンタカーが予定日になっても返却されないというもの。全く身に覚えのない話で早退して慌てて駆け付けると妙な視線。見せられたコピーの免許証、それは紛《まぎ》れも無く私の物で顔写真だけが貼り替えられた代物、同じ下宿の調理師専門学校生の顔だ。すわ警察沙汰かと、巡る対策。ところが意外にも、延長金と車輌さえ戻れば下駄は預けると言うではないか。さすが人の足元に関する仕事と、茶々を入れたくなるのは私の性《さが》。警察に突き出してやると息巻いて帰りを待てば、事の重大さに漸く気付いたらしく、身体を一回り小さくして跪《ひざまず》き頭を下げる。悔い改めて更生を誓う彼の目の前で、偽免許証に鋏《はさみ》を入れた。その時過《よ》ぎったのだ、紙一重だって、人の岐路は。

――不法侵入、窃盗、偽造及び行使で前科者。意外と身近にあるもんだな犯罪って、他山の石に。クワバラ、クワバラ――

心は入れ代えれる訳がない。だが傾倒した芯の修正はできる。先送りできるものは後に回し、今片付けないと間に合わなくなるものに時間と気を配ることにした。授業へも怠けずに出席していた。

夜学を終えて下宿へ帰ると、部屋より先に食堂へ行く。銘々皿に冷えた煮魚が一匹待っている。温《ぬる》くなった汁物を注《つ》ぐが飯《めし》は残りが少ない。振り返って卓上の数を当たれば、まだ数人食べてない。食べ物の恨《うら》みは恐しかと聞く。柄にもなく腹六分。その内、釜が空っぽの日が出始めると、幸か不幸か校舎は近い、職場から一旦直帰して、晩飯を済《す》まして登校するようになる。一時限目は遅刻となるが、夜学はそこら辺はこっちと違って太っ腹。だがその甘えが良くなかった。早い者勝ち、段取りの良さ、取って付けの品行方正なんかじゃないと推移していく油断に、又ぞろ足は遠のく。腹が膨れて一旦落ちつくと尻が重くなるのだ。

かくして、食い潰《つぶ》された下宿は賄《まかな》いを止めて、間貸しへと移行しその存亡廃業の危機を回避するのだが、この下宿人は、果《はた》して間借人になって衣食住を堅持していけるのだろうか。

平日の夜遊びは自粛していた。暇を持て余して十四インチの中古テレビを購入し、古本家、貸本屋はいつしか常連客の仲間入り。この機にいっそ自炊でも始めるか、始めてみよう、飯くらいは竈《かまど》の羽釜で炊いて来たし。

――六本松界隈は九大生、友泉には福大生相手の下宿が沢山有るには有るが、それも年々減少の傾向にあるし、今移っても空《あき》が……――

そんな情報も届いてはいたが、もう引っ越しはしたくない。ここでの不都合はなんもない。学生街へ行けば再び、現《うつつ》を抜かすことになる。悪い習慣がすぐ身に付く性格は、意志薄弱なる母体では直しようがないのだからここにおると決めて。

博多湾は築港の荷役、沖仲仕や訪問販売員。とある倉庫での梱包や配達のバイトで生計を立てている友人や後輩を相手に酒を呑む。さすがに土曜日曜となれば、若き血が騒ぐのは仕方ない。その楽しさや苦しさで、うっ憤を晴らしたり誤魔化したりは良しとして、酔いが醒めれば眼に浮かぶ、受け売りをひけらかす己の姿。待ってましたとばかりに打ち寄せる自己嫌悪と後悔の波、ああ。それにしても毎月毎月、給料日前一週間の呻吟《しんぎん》の日々は何とかならんのか。

単位不足を補うため、夏休みの集中講義を受講していた。夜とはいえ昼間の余熱に耐えかねて上半身肌着になれば、ぷっと吹き出す講師も教壇で普段着になって想わず吐露する夏期講座の時給はいくら。おお、これぞ生きた経済学。短期決戦で集中力も途切れずにいてくれて、入学して初めて授業が面白いと思えた一番前の席。

進級か留年かが懸かった後期の試験。背水の陣になることは間違いない。

――留年となったら多分中退、中退となったら……――

危機意識が働いて、少し早目に陣を敷こうとしたのか、先《せん》だっての夏期講習の好循環か、と久々に出た日本文学の授業風景ときたら。

少し遅れて教室に入ると、中原中也を遣っている。

――知らん、詩人らしいが聞いたこともない。教室間違えたか、そんな筈は無い。講師も学友にもどこか見覚えがある――

「それ前期の教科書、後期は変ったとばい」

と学友。慌てて購買部へ駆け込むが、随分前に売り切り御免との事。仲間外れにあった気分、置いてけぼりを喰らった気持ちの意気消沈者は、そのまま部屋へ戻るとものぐさにテレビを点けた。

教育番組で石川啄木が取り上げられていた。

――友が皆、偉く見ゆる日…だったよな。句も然《さ》りながら何だこのタイミングは。どういう風の吹き回しだ――

独《ひと》りごちながら、彼の評論文〝時代閉塞《へいそく》の現状〟の文章が映し出される画面に刮目《かつもく》し釘付けになる。

古里渋谷村を石を投げられ追われるように感じて後にした歌人。それ位しかない基礎知識では当然生じる違和感の中で、

――これはいい。これは使える――

と正に、閉塞状態の私は一心不乱に書き留めてゆく。

窮すれば変ず、変ずれば通ずと言うが、一計が浮かんだけ。決して誉められたものではないその案こそが、かつれた人間の防衛本能だった。

〝必要こそが人を動かす〟身を持って知った理《ことわり》だった。

掉尾《とうび》の勇か、窮鼠猫を噛むか知らないが、形振《なりふ》り構わずだ。人に迷惑を掛けるか否かが判断の基準だ、とさして必要でもない見栄《みえ》を切って、他の二、三の教科へもその一計の転用を考えていた。

――遠回しになったのか先送りしたのか、汚れちまった悲しみにすれ違った瞬間――

二十才に成る日が迫《せま》っていた。

――この俺がか？…いいのか、こんなんで。自活していると大人の仲間入りって感慨も感覚も

薄いな。これが大人の世界か、大して魅力感じないな。こんな生活を後何十年《あと》も続けていくわけだろ、だって酒も煙草もギャンブルも今更だし、キャバレーだってストリップだって、そうそう質屋だってもう顔馴染みだよーって。バカヤロー――

閑中忙後の昼休み、局舎の二階から声が掛かる。そこは局長の自宅になっていて朝からテレビに釘付けの局長が指差しながら

「観てんや、大変なことが起きとるけん。連合赤軍って知っとうや」

いつになく険しい口調。そこは一人息子も遠隔の地の大学三年生、余所事《よそ》では無いと見えて真剣そのもの。機動隊の姿は窓口でもたまに見掛けたが、ゲバ棒だの投石だのとは縁が無い。ましてや右か左かだの赤は白はと訊かれても、それこそ他所事。

と想いきや、画面に流れる切迫感、漂う緊迫感は只事ではない。長野の別荘地か、山肌に建つ浅間山荘、斜面から伸びたコンクリート柱の上だ。取り囲む盾の列。取り巻く報道陣、覆《おお》うヘリの音……。

――かつての学生運動が完全に終息したとは思っていなかったが、まさかまさかの逃避行が続けられていたとは――

凍てつく山中での禍々《まがまが》しき攻防の模様は、一週間以上も昼夜を問わず映し出される。谷間《たにあい》の傾斜地の夜と昼、突然始まる放水、銃撃され崩れる警官、急ごしらえの盾のトンネルを担架で運び出される負傷者。繰り返される攻防、あっ！　また一人撃たれた…。

やがて振り回される鉄球で建物が破壊され始めると、間隙《かんげき》を縫って突入する警官の姿、叫び続ける報道の人々……しょっぴかれる若者、馬鹿者。その場面を面《ま》の当りにする親。衝撃と哀《あわ》れみの入り混じった時空間……。

――…どうしようも無かばい。あらっ！　俺の誕生日はどこ――

そして画面上一件落着かに見えたこの事件の真相の本題は別の所にあったことが浮かび上がってきたのだ。

群馬県、ん群馬？　長野じゃなくて。そう、人質事件の山荘は本舞台じゃなかったのだ。闘争を続けて群馬から長野へ辿り着いていたのだ。

惨鼻を極める集団の来歴や、今まさに閉された非日常の中に居た狂団の足痕《あしあと》が、日を追う毎に明らかにされてゆく。震駭《しんがい》の非日常。

惨《むご》い、その惨状を極める行状と隠微《いんび》の道塗《どうと》。社会人としての体験の乏しい若者が、机上から抜け切れぬまま労働や平等、平和や正義の観念を後楯に、仲間だった人の生命を奪い、新たな敵をつくり上げる世界。総括という名目の暴力、引き返す勇気をやれ転向だ、それ堕落だと罵り、遣り直す機会も与えない――。自らの偏向には目もくれず、頑《かたく》なな排他性と狂信性が巣食う主義《イデオロギー》の世界……。

――この世には色んな人が住んでいるんだろうが、辟易うんざりだな。そこまで自分が正しいと信じるなら、己一人で実践してみろ。地面に這《は》い蹲《つくば》ってでも生きてみろ――

殉職者二名、身重の女性を含めて十二名の同志を殺害。人質を筆頭に怪我人も多数出たに違いない。

――空の青さ、花の色、子供の可愛らしさいとおしさ、果物の味、そんな些細な喜びさえ、すべて失ったんですよ、あなたの仲間だった人は。憎しみと恐怖、寒さと空腹と疲労の中で死んでいったんですよ、あなた達が同志と呼んでいた人達は……そこに思想や階級闘争が要るか、そもそも陰惨な殺戮で守るべき大切なものって一体何だ。搾取やブルジョアが気に喰わんなら、いずれ己がその椅子に座った折にでも力を発起したらいい――

一流私大や国公立の大学、いわば最高学府で学べる人達と同列とは思いもしないが、同じ世代に生きる一員である以上、罷《まか》り間違えば似たような事をしでかす危険性が自分にも内在しているのだろうか。そのおぞましい醜さが同じ人間である以上、自分の中にも在ると想うと胸がむかつき反吐が出る。政治や思想に今まで持っていた無関心への後ろめたさも吹っとび、イデオロギーという言葉にさえアレルギー反応を覚えた。凍土に穴を掘ってかつての仲間を埋める、その葬《ほうむ》り方にある証拠隠滅の思惑。身勝手極まる人の持つ利己の本性に、人であることを辞めて、羊かヤギにでも成ってもいいような気もしてくる。

正しいと信じて行なってきた事が色褪《あ》せ、そろそろ灰燼《かいじん》に帰すると気付き出すが後戻りは適《かな》わない。その場面で人としての判断力が乏しいと、行方《ゆくえ》は一層濃霧が覆いやがて八方塞がり。そんな時人は案外と細小《ささい》な事で狂うのかも知れない。群れに居ることで自らの良心に従えないなら、はぐれて一匹の迷羊《めいよう》に成る方を選ぶんだろうな俺は。

進級に関わる後期の試験結果発表当日、日本文学の教授は壇上より室内を見回しながら開口一番こう言った。

「この中に私の設問を脇にずらして、勝手な答案を書いた者が一人おる。最初は腹に据えかねたが読む程に良く書けていた。例外だが〝優〟の評価をした。だからといって次からは通用しないからな」

自分のことだ、とすぐに判然。豁然《かつぜん》と目の前が開け一筋《すじ》の光が射した。それは一条の蜘蛛《くも》の糸を照らし出した。


かろうじて進級できたのは、教授の知見に触れたとはいえ、その度量の深大さ故。そして研鑽の方法があながち間違っていなかったという発見は、卒業までの道のりを見渡せば、どれだけ有難い出来事だったことか。胸を撫で下ろした一夜だったよな。

昼は定食、夜は学食、朝だけ自炊、それと母が持たせてくれた一年分の梅干しとラッキョ。どうにか成るもんだ。

授講そっちのけで学食へ駆け込んだ、遅れると完売の日があるんだ。と耳に飛び込む会話、芸能人の飛び下り自殺のニュースだ。聞いた覚えのあるその名前。

――えっ、この前あった成人式に招《まね》かれていた来賓の一人だ――

九電記念体育館でのその催しの壇上で、俳優業のその人は、何かを話していた。だが話《はなし》が遠く、その臨場感の無さは意外性ばかりが気になって、伝えたい筈の内容は一つも届いてこなかった。自分の未熟さが原因だろうと深くは受け留めず、そんな事は忘れていた。

何かが彼の身にあった。その彼と私の接点はあの日のあの時だけ。人は好むと好まざるに関わらず、一生記憶される出来事もある、ということを伝えてくれた彼。

年度が変わると小さな郵便局でもたまに人事移動がある。それは本人の希望によるものが殆どで、今年度は中等部合格の先輩女性一人が動いた。住む高須長屋でも前年と今回合計すると、約半ダースは入れ替っている。当然交友関係も変移していく。出身地も境遇も違う者同士が適応し順応し、二棟《むね》の長い屋根の下、受け入れ合って生きている。

――偶然の変異に基づく進化、一度使ってみたかった台詞《せりふ》――

同じ手は喰わないと牽制《けんせい》してくる教授、対する手口を変えればまだまだ使える、と狡猾《こうかつ》にも二番煎じの妙薬を考えている一人の勤労学生。

まっさらの答案用紙に、板書される設問に応じて論文を記述していく試験のやり方、いわゆる論文形式では、産み出した妙薬の方に設問を絡《から》める方法を編《あ》み出していたのだ。早い話が、どんな問題が出されても書く文言は同じという事。山を張る必要が無いという事だ。

――本筋から外《はず》れたこの方法を進化とは言わないが、求められる品質の高さからしたら秘訣とぐらいは認めてもらいたいのだが……ついでに発見したことがある。淀《よど》みなく答案用紙にペンを滑らせても、時間内に埋まるのはせいぜい八割程度。量より質ってことか――

その効能で卒業までの道は開ける思いで、安堵すら覚え始めていた。と、やおら仕事に対する先行きへの不安が浮かび上がってきた。

同じ轍《てつ》は踏みたくない。自分には受け身の仕事は向かない。毎日同じ道は通《かよ》いたくない。枠《わく》や型に嵌《は》められたくない……。わがままな性格の羅列。

――どうにかならんのか、やりたい事はないのか。好きな事はないのか…、今度〝人間失格〟読んでみよう――

次の仕事を探していた。実践してみるより為す術《すべ》はない。近々、福岡一の繁華街天神に出店するという紳士服販売店。休日を利用してコッソリ行ったその久留米店での体験入社はたった一日が耐えきれず、歩合制の訪問販売はノルマの半分も廻りきれない。やっぱ金じゃないよな、千三《せんみつ》も当てにならない仕事をよく続けられるよな、という呆《あき》れと驚嘆が収穫といえば収穫。

――求めているものが金でも安定でもないか。そんな青臭いことで果して暮らして行けるのか俺は――

仕事や社会にどこか馴染めないでいる。どうも田舎者だけが原因ではなさそうだ。馴染みたくないという気持ちの働きがある。その働きを覆い隠したり無くそうとすることが大人へ道と思って来た節《ふし》もある。

――どうも違うようだ、体裁《ていさい》を整えているだけにしか見えない。それも一つの生き方だとは思う。多分管《くだ》を巻けるだけ恵まれているのだろう。でも拭《ぬぐ》えないんだ、何かが違うという感触が――

混沌としていく価値観。仕事や学業に関してのこの手応えの無さの出所は……一度おけらにでも成るしかないか……

厭世《えんせい》風に吹かれていた。受け流すには弱すぎた。

宵闇《よいやみ》せまる一人部屋。つれづれなる日々の間隙を狙《ねら》ったかのような一本の電話。取り継ぐ大家の声で人の声が久々に届いたような感懐の中、受話器を取れば珍しく母の声。言伝てがあるという。それは降って涌いた縁談で、その経緯《いきさつ》をひとしきり。

寝耳に水の口あんぐりで、耳には聞こえるが眼には見えない遠い話、生返事ばかりで電話を切れば、後から追い掛けてくる先ほどの話し振り

「……お前《まい》の成人するのを待っちょったげな」

待っていたという言葉の語感、帯びた意味合が頭の片隅に残った。

安堵と変化という相反するものを含んだ選択肢、何の考えも無くその二つを同時に求める気持ちが動いた。そうすることで取り巻く環境と自身を立て直せそうな気がした。

大学を出たら結婚という、その二年という時間の猶予が現実味を遠ざけていた。その頃の姿など想像もできない。なのに承諾する自惚れのぼせた早とちりの若造がそこに居た。これで何かを変れるならと鵜呑み。

その人は母の縁《ゆかり》のある人の下《もと》、住み込みで修業を積んでいた。その事もあってか母の里で、盆暮れに二、三度見掛けたことがあった。陰日向《かげひなた》なく働く、と何度か人の口に上《のぼ》っていたのを耳にした

覚えがある。縁ある人の、そのまた縁ある人に仲人をお願いし、相手の家族との面談を済ますと、これまでと何ら変わらぬ日常に戻った。就業スタイルや生活パターンの違いは今まで通りで、変化していったのは、そんな約束が為《な》された事を知る人が増えていったことくらいか。

曖昧模糊と続く関係も、そんなものか、こんなものかと捉《とら》え、別段疑問にも不自由にも感じていなかった。


いつしか政治の季節も過ぎ、巷ではフォークソングなるものが流行。糠《ぬか》喜びと皮算用が〝落ち〟のパチンコ屋でさえ
「こら鉄矢、なんばしょっとか、テレーとしてくさ…」

と妙にマッチした歌が流れ、その選曲に、しれーと失笑し、てれーと球を弾いていた。時として耳に痛いその歌詞に自嘲を促《うなが》され、

『我慢出《がまだ》せ。飽《あ》き易《やす》の好き安《やす》の不精者《ぶしょもん》が一番へげんとぞ。よかか、こすかこつはすんなよ、空言《すらごつ》は言うな、懲役《ちょうえき》に行っこたるぞ』

と、産まれた土地で生涯を送る母自身の座右の銘か、戒めとして来たことなのか、子らを訓導諭《さと》す声と姿が、浮かんだり消えたり。

――♪開らけ、開らけ、パッと開け、チューリップか……♪あの時、友人が何の悪気《わるぎ》も無く言った〝髪結《かみゆ》いの亭主〟。語意も使い所も知らないのに過《よ》ぎった厭な感触。今だ調べもしないくせにまー

だ引き摺っているのか――

自分が何をしたいのか想見すらできず、そもそもの能力も知れない。窓口での無聊《ぶりょう》な時間を持て余し、誇れるものは何も無い。

負い目漂う口先机上の言葉だけでの人と交わり。呑んでは騒ぎ酔っては標榜、直《じき》に白々しく、大人に成るとはこんなにもつまらないことか、と虚無と倦怠の薄っぺらな台本、目を覆いたくなる三文芝居。

――こうはしておれない。駄目になる――

と振り上げる腕は何も掴まず、やがて意気は萎《な》え、時は無為に流れ、上げた腕は力を失い所在無げに空を舞う。

思い到《いた》って、最終学年になると、卒業に必要な単位プラス安全弁としての二単位を加算して履修《りしゅう》登録。ナマケモノの侵入を防ぐべく、空いた時間すべてを教職課程で埋め尽くした。

それでも持て余し気味の時間に我慢がならず、クラブ活動を見学。この身を痛めつけてみたくて柔道部の練習風景を通路から覗けば、初心者とあってかすでに弱腰。内股を躱《かわ》す体勢で視線を横に向ければ美術部の標札。

――あ！　これや。でも今は六月、こんな中途半端な時期に、四年次生という時季外れの男が、えっ何、中途半端な男がどうしたって――

ひねた新人ということで快諾して貰えた。さすが芸術、垣根は低い。色んな糸を織り込んでみるかと胸襟を開く心意気と人としての優しさに助けられ。

依然深慮は出来ず遠望は利《き》かず、多忙にしている方が単に生き易い。実行に移らない観念に止《とど》まった領域は只の妄想の世界に過ぎず、ここからは何も生まれない、見出せない、行動あるのみ、と敗走感と心機一転の入り混じる苦肉の策で部活動に臨めば、事もあろうかその初日、犬も歩けばナントヤラ。ひょうたんから駒とは言ったもので、いきなりその駒と出合うこととなる。

## 三、現在地

道路に添うように流れる川が見え隠れしている。山裾が左右から狭む。九州と田舎によく似たのどかな風景に見飽きた頃、穏やかな傾斜地に低い屋並の貼り付いた垢抜けない町が見えてきた。取り囲む土地の痩《や》せているのが一目で判かる。

奇妙に映る家並に目を奪われている隙に、道路と離れて行ったのか先程の川を見失っていた。急に家並が混んでくる。一見して古くからの町だと解かる。家屋の劣化具合もそうだが、軒と軒が近いからだ。と、先の方に河川の気配、さっきまでの川は支流の一つか、想ったより大きい川幅。流れが観えた、二度見した。豆乳と思《おぼし》き乳白色の水が川面を覆っている。覆い隠されているが深さも水量も然程ではないことが伺い知れる。

反射的に炭都北九州の遠賀川が、かつて黒い川と呼ばれていたことが思い出された。石炭と黒い汚れは直ぐ結びつくが白い川の原因は一体何だろう。

家並が町並に町並が街並へとまたたくまに賑やかに成っていく。白い川を挟んで両側に道路が走り、右脇を境内《けいだい》らしき趣きの庭が過ぎ去れば、向う岸にはスーパーマーケットが。やがて郵便局やバスの発着所、問屋らしき店舗、おお、市民文化会館までもが見受けられる。

生活の匂いが嬉しく、前のめりになる姿勢と気持ち。人影も車も疎《まば》らだが鄙《ひな》びた中に程好く沸立《わき》つ賑わいも感じ取れる。

右手に線路らしきものがチラホラ、やっぱレールだ。赤い車輌も出番を待っている。仄《ほの》見える数本のレールの放つ光。

――おお、電車があるのか、何でこんなとこに電車があるんだ――

この町とどの町が繋がっているのかは全く知らないし解からない。だが線路のどこまでも繋がり、運んでくれるという特製のオーラは、行き場を失った身には正に救世主。息を吹き返す思いとはこの事か。活路を得た思いは、残った不安の掩蓋《えんがい》に手を掛けた。

「まもなく終点、せとー尾張瀬戸駅です」

瀬戸際とは又大層失礼な見誤りをしたもんだ。

――路の始まりが瀬戸際ならば、オワリは始まりの一歩かな――

と風天《フーテン》の寅ばりとはいかないが、呟く程には元気も戻っている。

駅舎の2階は広い喫茶室になっていて、赤い電車と多数のレールも見渡せる。この駅も終点始発駅だったのだ。F百二十号程の油絵が架けられていた。

右か左かまっすぐか、駅を出てキョロキョロしてたら少し離れた観光案内所のおじさんと目が合う。なんだか風貌を観られている気がする。視線を躱《はず》す怪しい奴と思われたくない。

「この辺《へん》で雇ってくれるとこないですかね」

扉を引きながらいきなり口から出た。作りかけた微笑が消えるおじさん。やや間があって笑顔が戻ると

「そんなこと訊かれたの初めてで……ここは観光案内所だから……役に立てなくて悪いね。この前の道を右へ行ったら職安がありゃーす、行ってみてちょ」

だんだん地元の言葉になっていく。そうか職業安定所か、その手もあったのかと一つの後栖を得た思い。その上久々に人と前向きな会話を交わしたお陰だろう、途方に暮れて絡《から》まっていたものがやんわりと解《ほど》けていく。

――町中でも観て回るか、あの屋根瓦をあしらった問屋らしき店舗が気になる――

その屋根瓦は対岸の通りにも見えていたが、確かこの並びにも二、三軒あった筈と足を向けてみる。

――やっぱやきもんか、覗いてみるか――

と懐かしさと親近感に誘われて立ち停まれば、店先まで溢れんばかりの夥しい陶磁器の面々。店内を窺《うかが》えば、目に留《とど》まる瀬戸物の文字、とその瞬間、瀬戸と、せともんの言葉が脳内でスパークを起した。

瀬戸物の一大産地とも知らず、この町に立つ人間はそう多くはないだろう。漂着者は前代未聞かも知れない。

想いを巡らせば、乳白色の川もどこか垢抜けしない屋並も合点がいく。

――それにしても今朝まで桃源郷のような山里に居たこの身が――

時間と空間のズレが埋まりかけて逃げてゆく。

元々多くはない手持ちの知見の大半が一知半解のうろ覚えで占められていたのかという思い、そのみすぼらしさと謙虚さが入れ代わり立ち代わり。知識に止《とど》まっていたものが動き始めたのだと励ますか。

——地図だ、地図だ、先ず地図だ。先ず自分の現在地を——

まだどこかで漠然と見ている状態から、見付ける意志ももたげ出し、駅前の橋を渡り切ると、川沿いの道を脇目に見ながら、そのまま真っ直ぐ進んだ。本屋を目指す直感だ。

〝従業員募集〟の立看板は出し抜けに電柱の陰から現われた。針金で縛り付けられたそれは、月日を経て緩《ゆる》んだのか風に吹かれるままに向きの変わる代物で、そこそこ痛んではいたが詳細は判読できた。早速書き留め、顔を上げれば視界に本屋の看板。当意即妙の連続に気を良くして地図を片手に橋の欄干に凭《もた》れて一段落。

——ここが瀬戸でこっちが小原の方角か。あれは名鉄瀬戸線というのか、えっ名古屋市内まで行けるのか。人口は十万人余りか——

大方の見当を付けると取り敢えず、と川に添って歩き出した。土地柄と人柄は目と肌で感じ取るしかない。

——侮《あなど》るなかれ、世迷人の嗅覚を、エッ溺れてたんじゃ…——

縁もゆかりも、どころか今夜の寝床さえ無い身には、決着を急《せ》き立てる思いもあったが、他にも求人広告や案内が有るやも知れない、時間は充分ある、どこかで昼飯でも食って物価の違いも確認しておきたい。と町や人や住居を観る目に、やがてこの地で彼女も生活していけるかといった観点も加わっていく。

市民文化会館か、ちょっと入ってみるか、とガラスケースを覗いての意外性。瀬戸物の技法や製品の展示と想いきや、その磁器製造の歴史は千八百年以降と知名度の割には存外新しく、むしろ当地での平安鎌倉室町時代における古陶の変遷の足跡とその作品に驚いているとやがて、富田某《なにがし》、荒川某、河本某、河井某、複数の加藤某、その多士済々《せいせい》たる作家の希有な個性溢れる繚乱たる作品たち。瀬戸黒、志野、織部と耳目に新しい焼物のその独自性、存在感たら。

――半農半陶の村里で育った下地が呼応するのか――

川の方から丘陵地《きゅうりょうち》へ向けて左右に横切る大通り、その緩やかな勾配の向こうに末広商店街と表示されたアーケードが見える。右へ上《のぼ》れば立看にあった秋葉町、かなり上だ。左へ行けば川向うに陶祖神社、その背後の山が陶石を採取する土山、へと続くらしい。急《せ》くことは無い。先ずは足下から固めた方が、とアーケードを潜《くぐ》ってみた。

この界隈が一番の繁華街だよな、と左角のパチンコ店を覗いてみたが客は少ない。行き交う人も予想外の少なさ。

――あれ、今日は何曜日だっけ…　平日とはいっても少なすぎだろ――

それは寂《さび》れとも鄙《ひな》びとも少し違う、戸板一枚向こうに賑《にぎ》わいを感じる趣と言ったらいいのか……そう、帰省で人のいなくなった都会の風情だ。その空間の放つ無防備さが、期待と不安の我身にはお誂《あつら》え向きで、知らぬ間に馴染んでいる。

この商店街を貫く一本の主幹たる遊歩道からは、幅一m程の多くの枝道が奥深くまで伸びている。その廂間《ひあわい》の露地のいずれにも、古びた家屋や長屋が貼り付いている。ひっそりとして人の姿は無いが、せわし気な人の気配は続く、あっちこっちの路地裏。やがてアーケードは切れるが似た気配の続く左右の路地奥。

少し様子が変わる。道路の左右には古色蒼然たる家並、その低い軒下には何々製陶所、△×□製作所の看板が壁板に打ち付けてある。

見知らぬ男が地図を片手に、古いカバンを下げてキョロキョロとぶらついていても、咎《とが》めるどころか不審な目すら向けない。一瞥《いちべつ》をくれるだけで各々の日常から一歩も出てこない。どこ吹く風の雰囲気は、作った覚えのない垣根まで取っ払うのか、人心地。通り過ぎた袋小路細道の風に空腹も覚え始めるが、惰性に任せて暫《しばら》く歩む。

行けば行くほどに閑散としてくるので一旦折り返して、先程見かけた大衆食堂へ向かい親子丼を注文。流浪の身には高く思えた。出し忘れたのか沢庵《たくわん》の一切れも付いていないのに四百五十円もする。時間も時間だが客は他に無い。惜しむ気持ちは連鎖するのか、昨日はまだ着いていなかったので受取りを諦めていた、小原郵便局留で送っていた炊飯器とその中の白米がふと過《よ》ぎった。

——仕事さえ有れば何とかやって行けそうだな。町の大きさも手頃だし、気風は合うのか居心地は悪くない。ここら辺は古くからの町って印象だが、多分大都市名古屋に近づくにつれ振興発展しているのだろう。さてそろそろ面接に行ってみるか——

と戸外へ出るがなぜかまだ躊躇《ちゅうちょ》する気持ち。高二の時のバイト先の町内、その外観のたたずまいが時代性なのか建築様式なのか、どこか似ているのだ。その露地裏が気になって迂回《うかい》したり近道したりと、どこか結論先送りの時間稼ぎの気持ちも有るのか無いのか。

小川が流れている。両岸は行儀好く丁寧に積まれた石垣。粗末だが整頓された軒先。祖母懐《そぼかい》湯という何とも好《よ》き名の銭湯。その脇を抜け通りへ出れば、それとなく掴めてきた地形配置図。気に入っていた。どの露地からもどんな家屋からも、訝《いぶか》しさ隠微さは感じない。むしろ絶え間なく聞こえる大小の、物の擦れる音やずらす音が、働いて生きる人の息遣いと気配を伝えてくる。拒《こば》むものは何も無かった。危惧は杞憂で終わり立看にあった香石陶苑へと向かう。

求人の看板は最初の一回出会ったきり後は一度も見掛けなかった。町を貫く川沿いだけが平坦なこの町は、濃尾平野の始まりの一端なのか。

道は次第に上《のぼ》りにかかり、居酒屋を兼ねた定食屋の角を左に曲がると二十度の傾斜はあろうかと想われる坂道の中程に、目指す会社の看板が見える。工場の入口で振り返ると真鯉の鱗が貼り付いたような、素朴な屋並《やなみ》の広がる町が見下ろせる。

案内を請う工場内は、モーター音や陶磁器の接触の音、舞う埃で空気まで雑然としている。あっという間に現実に引き戻された気分だ。

登ってきた坂道を挟《はさ》んだ向いが自宅兼事務所。どうもこの地に多いらしい加藤名字の表札。その応接間で三十過ぎの若い専務と向かい合うことになるのだが、耳に馴染みの薄い名古屋弁の一見ぞんざいとも取れる会話と裏腹な、誠実で清廉《せいれん》な応対に驚いていた。

「石油ショックの影響で今はこの業界も不景気なんだわ。あの求人の立看板も随分前のもので、こんな御時勢だし撤去の話も出てたんよ。元々あれは弟の提案で設置したんだが、正直何言っとりゃあす、今時そんなもので良い人材は来やへんが、というのが私の本音やあた。市場も九州は伊万里の安価で上質な物に押されとって、今は求人の必要はないんだわ」

断わりの言葉を耳にして気落ちしていく中で、これが現実だと自分に突き付ける部分もあった、がそれよりこのような一括《ひとくく》りにするのが難しい町の小さな工場に、整然と話す人のいることのそぐわなさの方が気になって、その物腰と目と口と、膝《ひざ》の継《つ》ぎ当てと洗濯のゆき届いた作業服を順繰りに見ていた。

――断られるのは半ば覚悟していた。当って砕《くだ》けただけのこと。「ご免よ、今間に合ってるから他《ほか》当ってみてちょー」が普通だよな――

半ば素気《そっけ》なく、最悪胡散気か。私の想定したものと目の前の遣《や》り取りの差が、少しの戸惑いを生み、立ち上がるのを遅らせた。それで生じた間《ま》に話の継穂が生まれた。

「それで、内の工場《こうば》には入りゃあて、何をどうしたいと思うとらすか、言ってみりゃ、古くからの只の茶碗屋だなあも」

こんな正直な人に嘘はつけない。さりとて郷里を逃《のが》れてきた、とにかく何でもいいから働いて生

きて行ければ…とも言い辛くモジモジ、どうにか煙に巻く内、売り込む意志も働いてか、

「芸術《ゲージツ》と労働の接点、というかその境目がどんなもんか、働きながら見てみたいんです」

と訳の解らんことを口走っていた。臥竜《がりょう》ならいざ知らず、我流でしか絵を描いたことの無いモンが…　芸術が聞いて呆れるばい。

〝もとい〟とも言えず表情を伺えば、聞いていなかったのか眉一つ動かす風も無い。やおら履歴書から顔を上げると
「しばらく待っといてちょうせ、疲れたろうから楽にしとうせ」

思ったより待たされるが、もどかしさは無い。今夜は駅のベンチにでも休ませて貰って朝一で職安にでも行ってみるかと今後の算段でもしながら、カウンターの上に並んだり積まれたりのこの会社の製品と想われる物へと手が伸びる。

これを磁器というのか、御飯茶碗だけでも色んな種類があるもんだ。今まで使っていたのは有田か伊万里焼なのだろうが、その違いなど解かる筈も無く、所在無くその艶やかな白い見込みの部分を覗く内、自分の置かれている立場への意識も半ば薄れてゆく。

これとよく似た飯茶碗を裸のまま縄で括《くく》り、オート三輪に山積みにして運んできたものを、土埃《ぼこり》舞う路傍にて販売する光景が昔あった。茶碗同士を打ち当ててその強度を誇示する商いが私の住む村にも来ていた。確かに強度は抜群で割れ難《にく》く、帰省の折に十年以上使用に耐えた器や皿を最近まで見掛けていた。

呉須絵の五寸皿を手に取れば、気は漫《そぞ》ろに過日へ向かう。記憶の中の絵柄は確か唐子。一年に二、三度か、戸口に立ち尺八を奏でる深編み笠ですっぽりと頭部を覆《おお》った虚無僧《こむ》。柿渋を塗ったすげ笠を被って金剛杖を突き、錫杖《じゃくじょう》を鳴らして経を唱える托鉢僧《たくはつ》がかつて居た。
これと同じ位の皿で米櫃《こめびつ》から白米を掬《すく》うと、手の平を斗掻《とか》き代わりにサッと掃《は》き、頃合を見計って敬《うやま》いつつその皿を差し出せば、首から下げた頭陀《ずた》袋の口を徐《おもむろ》に開きサラサラと流し込む。
一体どんな思いで日々歩き、そこかしこの戸口に立ち施《ほどこ》しを受けたのだろうか。湧き上がる様々な想いを納めるのも行の一環と捉えていたのだろうか。今の自分には、かような雲水《うんすい》のごとき月日や諦観は無用だ、御免だ。地に足を着けた身の丈に合った生活で充分だ、と現在と昔日を去来して懐かしんでいると、漸く
「待たせたね、実は社長に話を持って行ってた。そしたら、そりゃあ学生運動くずれだわ、早うに断わりゃあ、と言われてね…。単刀直入に訊くけど実際のところどうなの」
「そげなもんに関わったこつはありまっせん。さっき労働ちゅう言葉使うたばってん、言いよって、ばさろ気恥かしか気色の悪か思いのしよったとです。働く事を労働と表現した違和感で……」
どうも本意を伝えようとすると、育った朝倉地方の標準語が思わず出るようで、その難解さに首を傾《かし》げ思案顔の専務。やや間があって
「分かりました。明日からでも明後日からでも来てみてちょ。しばらく様子を観るということでよかったら」

坊主頭に少し伸びた髭、古ぼけたカバンに着古しのブレザー、妙な日本語を使う胴長短足で精彩に欠けた風体の求職者を、この人はどう捕えたのだろう。

――まさか雲水への喜捨か……それでっちゃよか、何事も試練だ。ここで修業ばさせてもらおう――

私には人の視線を意識した形《なり》に構える余裕など無い。それにしてもこの土地の人の、他人《ひと》の窮状は察するに止《とど》め、決して探ることはしないという体質はどこから来てどうやって土着したのだろう。

「ところで今晩泊まる処はありゃーすか」

「いえ、こちらの結果次第でって……予約も予定もありません」

「工場の二階が一部屋空いてる筈だから良かあたら見てみりゃあ、後で案内させるよ。ところで荷物それだけ……」

曙光を見る思いだった。その場を辞して外気に触れると覆っていた色んな思いが泡沫となっていくのを感じた。

専務が浜ちゃんと呼ぶ、その先輩の案内で工場の二階へと上がる。階段から伸びる通路からは眼下に工場内の約半分が見下ろせる。窯の熱気を上に行く程感じていたがここは籠った状態だ。

――こらー夏は堪《た》まらんばい、ここでも熱さとの戦いか――

最初の部屋は在庫品が積まれ、二番目が浜本さんの住み処《か》。

「俺も二年前ここに来た。出は熊本であっちこっち回って今ここ。ここは働き易い良か会社よ、後でビールでも呑みながら話そ」

――何だ、この気安さは――

奥まった三つ目の部屋を宛がわれ、カバンを脇に降ろすと
「なん、荷物はそれだけ？　後から送ってくるとか、そうじゃないんだ。じゃ布団は俺のをしばらく使っときゃあ。給料貰ろうたら、追い追い買い足しゃあいいが」

――何だ、この手回しの良さは、仕事に寝床、壁に天井、畳に襖、おお見下ろせる窓まである――

「一休みしたら、下の作業場でも見て回っとき、後で声掛けるから」と仕事を終えたばっかりだったらしく自分の部屋へと戻っていく。開け放った窓から夕映えの屋並を展望している。一筋の薄明《はくめい》光線が伸びる。

――やっとここまで辿り着いた。目まぐるしい割にはどこか臨場感の乏しい数日だったが、やっと……僥倖《ぎょうこう》の安堵が広がってゆく――

出会った最初の日の夜から、坂の下の定食屋で一杯やろうと、いきなり私の名をちゃん付けで呼び、やたらエライエライと誉めちぎる。座り心地の悪さに我慢がならず、

「俺はなんも偉くなんかないです。どっちと言えば悪人です。専務との面談の時も奥さんからもエラカッタローって声を掛けられて返事に困ったんですよ」

ギャハハと笑いながらの通訳で合点《がてん》はいったが、身の回りの急激な変化に気持ちの焦点が合わず、

早々に腹も割れず、愛想《あいそ》の笑顔を返すだけ。

「こっちは九州の人が結構多いよ。香石だけで四人もおるんよ」

「へえー知らない事ばかりで…ところで浜ちゃんは飯はどこで食べよるとですか、ずーっと外食ですか」

「聞いとらんと？　飯も風呂も隣の社長んとこ、賄《まかな》い付きよ。洗濯機も借りてる……嫁になってくれる人でもおれば、早く出たいんだけどね、なかなか……」

九州人同士のなせる技か、その話の早さ。一見ぶっきらぼうの内《なか》に秘められた思い遣りに有難さを覚えながらも、どこかに鼻を抓《つま》まれた気分にもなる。僅か数時間前まで、今日の塒《ねぐら》は、明日の行方は、と思案橋ブルースの真っ只中だったこの身がと。少し酔ったか。

六帖の和室には中央に置いた旅行カバンが一個。兄の中学の修学旅行の折に買い揃えた物で、私が社会人となって郷里を出た際にもお供した奴だ。阿弥陀くじを想わせる畳の縁が、別れたり寄り添ったり。誰かの画集で観たような気はするが記憶を呼び醒ます気は起きない。座って寝て寝転んで、藺草《いぐさ》に頬を当ててみる。

――さあ始まるぞ、一刻も早く仕事を覚え、一日でも早く彼女を迎え入れたい。失うものはもうこれ以上何も無い――

筈だった。

# 四、行く春

行き交う学生、他の部活動の雑多な音、ここは美術部の部室。壁に沿ってコの字形に十人も居たろうか、入口近くに座った私を、新入部員ですと紹介する部長。終始にこやかに事は運ぶかと想われた矢先、奇妙な時空へ迷い込むこととなる。

正面に座る一人の部員を目にした刹那、何の前触れも断りも無くズドッと胸に衝撃波が来た。俯《うつむ》き加減の彼女と目が合った訳でも無いのにだ。なんだこれはと思いきや、今度は只では済まないという強迫めいた無言の予告に支配されていくではないか。それは考える隙や間《ま》を一切与えず一方的に蹂躙《じゅうりん》して来るではないか。

ざわつきは遠退き、目の前の光景はまるで無声映画。名を呼ばれて我に返るが、つい今し方理解不能な目に遭《あ》ったことから来る動揺も合わさって、訳の解らない胸騒ぎが心身に纏《まと》わりついてくる。

部長の二浦先輩による紹介の冒頭〝遅れて来た新人〟という称号から来る折角《せっかく》の感動も木っ葉微塵に吹き飛んでいた……。

壁に画布《キャンバス》を立て掛けて描けば、号数にも由るが四、五人で満杯になってしまう広さの部室、その場所で油彩画を描く部員はおらず、殆んど自宅で活動しているのが現状だった。私には勿怪《もっけ》の幸いでその一角を占有する形で使わせて貰っていた。

つまり部室は寄り合い所、駄弁《だべ》って日頃の憂《う》さを晴らす詰所ってとこか。従って教室とは全く異質の空間で独特の匂いと密な時間が流れている。

一月《ひと》も経って初めて見る人、毎日五分だけ顔を出す人、飲み会だけにはなぜか居《お》る人、子供持ちも所帯持ちも居る。勿論近寄り難い人も居る。この振り幅この自由気儘さが気に入ってつい足を向けさせる。

一度時間を共有すると印象に残る、ある種の存在能力を備えた人ばかりで、いわゆる育ちの良さを湛《たた》える人は一人いや二人にしとこ。

大なり小なりの辛苦や挫折を経たか、未だその渦中に有るか、引き摺ったり拘《こだわ》ったりしながら生きている人の集まりだ。当然といえば当然で何らかの障壁を乗り越えようと、夜学に通っている訳で、それが二部の存在意義でもあるのだから。

誰もが何かを模索している。過去の事より近い将来の話題が多い。時には想い通りにならない日もあるだろうに、呼び掛ければ明るい返事が返ってくる。

――そうやって俺も〝明日〟へ持ち越したり、先送りしたりしてるんだろうな――

半身社会人だから、節度も保たれ、となれば居心地も良い。むしろ酒は持ち込み、時間は無制限、好き勝手放題の私が足を引っ張ってる感。

この歳で木炭や油絵具を初めて手にする者に、芸術や絵画が解かる筈もなく、美しいものを美しく描くことにやがて退屈し、今一乗りが悪い。

炭焼きの息子が木炭デッサン、油売りが隠し業《わざ》のこの俺が油絵、左卜全《ぼくぜん》の声帯模写が隠し芸の俺が洋画の模写って、一本の糸で繋がってないか、などと語るだけならまだしも、割り箸口に突っ込んでやっちまうから……。

美の世界を堪能することもあったが、どうしても作者の後背へと興味が移ってしまう。この作品を描きたくなった動機、描いてしまった作者の背後にあるものへと視線が向く。

美の境界を逸脱した作品も芸術の世界では許容され、持てはやされることがある。いいモノだと判断される基準は観賞する側の見識の高低に、感受性という器の深浅《しんせん》に由るものなのか。だとすれば、美に絶対は無い。歴史的価値も加われば、最早その値打ちを測るモノサシは無い。と制作する側は捕えるとするか。言わんや主客転倒。

人の評価より己の生き様だ。モチーフ、色彩、フォルム、総ての選択権は制作者に委ねられている。煮て食おうが焼いて食おうが、自己の死生観次第だ。だから体験と研鑽が求められる。なんて毎日考えたら絵なんて描けないので、先ずは初心に立返って楽しみながら描くとするか、といつしか時は八月夏休み。

連日一人夜の部室、珍らしく背後で人の気配がする。いきなり

「おまえはマスターベーションのような絵を描くな」

と言い放った奴がいた、否《いや》、人がおられた。時折顔を出しては人を切って回るＯＢ部員だ。

在籍中から相手代われど主代わらず、と言われる程の将棋好きで絵は入部したてに一枚描いた折、自身の才能に呆れ返って絵筆を捨て、その後はへぼ将棋の主となった大先輩と聞いていた。ある筋

からは二年前、同好会から部への昇格の際に必要となった成員として入部した人だと耳にしていた。どちらも深く頷《うなず》ける話だった。

言われる事が満更的外《まと》れでもないので、言われた方は腹が立つ。彼は妄想に遊ぶことを好まない。高校・大学と定時制の一貫教育を受けた苦労人で、筑豊の出らしく男気を内奥に秘め、不用意に間違ったことを言ったりしたりしない。事もあろうに

――今夜は俺が餌食《えじき》か、仕様《しよ》んなか他に誰もおらんちゃき。先手必勝で行くしかないか――

「先輩、どうしてゴッホは自分の耳を切り落としたと思いますか」

「頭ん、おかしゅうなったたい」

「じゃどうしてそんな頭になっても、変らず魂の込もった絵を描き続けることができたんですか」

「知らん」

「熊谷守一はどうして死んだ息子の臥せる絵を描けたんですか」

「さあ…」

「功拙を越えるって、例えばどんな絵ですか」

「…知るか」

続けてどうしてと言おうとして息を吸い込んだ、それだけで

「喧《やかま》し！　俺に訊いて分かるか。幹事の三浦に訊け。あれは部に昇格させる為に必要あらばと、態《わざ》と留年するような男やけん何か知っとるやろ。ああ、それと中田、あれは多摩美大に二度落ちて

たまたまここに通っとる男たい、彼なら美術界のことは詳しいやろ。それにしても捻《ひ》ねた奴が入部したもんだ。ん、遅れた新入部員だったっけ？　ゴホゴホゴッホ」

「そうです、呆《あき》れた侵入部員です…先輩、煙草の吸い過ぎばい」

「終《しま》いにゃ叩《く》らすぞ、タメ口利きやがって」

目は笑っている。また調子こいて
「食《く》らわすで思い出したんですけど、ゴヤに人を食ってる絵がありますよね。内面を描くって…」

「せからしか！」

一気に斜陽化した産炭地で高校までを過ごした彼が、無風無傷で生きて来られたとは想えない。そんな中で掴んだ自分の置き場所と処世のスタンスを身に付けた彼が、少し羨ましかった。

前期の試験が近付くと、部室はより一層閑散としてくる。他の部活動も休止になるのか、開け広げた入口の前の廊下も人影も疎《まば》らだ。

半乾きの絵具を削り、新たに色を塗りたくる。気に入らない線を塗り潰《つぶ》し、新たに描き加える。対象物を必要としない凡人の絵の描き方は進捗の具合が自身でもよく分からない。むしろその行為そのものが目的とも捕れる節《ふし》もあったり。

何の義務も拘束も方針も競争も、仕切りも柵《しがらみ》も門限も、才能も苦しみも格差も覚えず、画布に向かえる気儘さに浸る日々。

画布に乗せた塊が筆先で花になる。人になって人混みになる。ナイフを使って街にし海にする。

女になり悩む人となり叫ぶ人になり座る人となる。そんな変わってゆく様を楽しんでいる。弄《もてあそ》ばれている。

——表現したものより、偶然残った作業の迹《あと》に美を感じるのはなぜ——

西鉄ライオンズ球団の野球賭博や身売りで、球場の外の方が賑やかに違いない昨今、平和台での静かなナイターも終了し、隣接する校庭にも寂《じゃく》々と時は過ぎ閉静な夜を迎えようとしていた。三脚《イーゼル》の前に立つ私と文化祭に向けての準備に余念の無い部員の二人っきりの静寂な部屋の静謐《せいひつ》な時間。

——あれ？ 何で今時分ひよ鳥が鳴くんだ——

はじかれたように口元に手を持っていく彼女に、放屁だとすぐに気付いた。男系家族に産まれ育った私は、これ迄うら若き女性のこのような遠慮がちなおならを耳にしたことが無く、恥らう彼女とこの場を何とかせねばと焦るのだが、今更無かったことにもできず、突然の途惑いの中口を突いて出た科白《せりふ》が

「出もん腫《は》れもん所構わずだよね…… こんなこつはお袋は日常茶飯事、出るに任せた屁でその日の体調ば看《み》よる… 親父に、ちったすぼめてへらんか、ち怒《が》れよるとよ。あれで俺も按配とか加減とかを学んだ気がする」

——ああ、何を言ってもドツボに嵌《はま》ってくぅ——

まさか、目の前で笑い転げている女性が、おならの一、二発で自害でもあるまいが余りの恥入り様に、こちらは笑いを噛み殺して画布に向かい返すしかない。再び気が入らないので後片付け。

帰宅途上、耳の奥にでも残っていたのか気が付けば

「ピーピーピー……」

と節を付けて口遊《ずさ》む我れがいる。

あの日、初対面の日のざわついた胸の内は、意味不明のまま忘れてはいなかったが〝だけん何や〟程度まで後退していた。今日の一件で半歩近付いた位かな、只

――彼女の恥辱を一生口外してはならぬ。他言無用――

と妙な所に変に力が入っていた。臭《くさ》い中って？　ないない。

最終学年にして初めて味わう文化祭やコンパ、どこか浮わついた取り留めの無い日々を手足を伸ばして生きていた。自分で招いてしまう嵐の前夜とも知らずに。

聖夜を控えて街も人も華やいでいたが、それを待ち望む習慣の無い者には他所事他人事で、早くも年の瀬を迎えた実感の方に気持ちは揺れていた。

冬休みに入る前夜、時々利用するレストラン青山での部の飲み会。その場であの夜の失態の彼女がバイトを探していることが口伝《づ》てで耳に届いた。近づく卒業で懸案となっていた棄《す》てるに忍びない妙薬の原材料となった資料の小山、その整頓の好機到来かと考えが巡る。

乱雑に積まれた新聞や雑誌の切り抜き、抄《しょう》出したメモ用紙や紙切れ、摘記《てっき》したレポート用紙、抜粋した書物の控え書き等、その整理保存に力を借りようとバイトを依頼してみた。その中には彼女の役に立つものも有るやも知れないと、

「繋《つな》ぎにうちでバイトせんや、四、五日で方が付くと想うけど」

「……いいよ、前に中央郵便局で仕分けの仕事手伝ったことあります」

――嚙み合わない会話、その中で出て来たのが二年前移動した元同僚との関係、つまり共通の知人が居たりして――

「明後日《あさって》から家《うち》に来て」

「ハイ？……はい」

人に見せたくない物や視られたくないモノを明日処分する心算《つもり》で一日間《あいだ》を取った。その一日が……

「俺は仕事で留守だから、鍵は開けとくね。資料はごちゃ混ぜだけど出して置いとくから。自分の都合の良い時に来て都合に合わせて帰って。ただし日当は交通費昼食代込みで二千円丁度」

少し奮発しすぎたかなと表情を伺えば、漸く事情が呑み込めたのか再度承諾の返事。仕事の内容をざっと説明、で会は御開きへ。

翌日仕事から戻ると早速片付け開始。おおよその段取りは仕事中考えておいたので捌《さば》けてはいた、だが想わぬ珍客到来で事態は一変。

控え目に入口のガラス戸を叩く音がする。長屋の連中とは違う叩き方だ。誰だ、と引戸を開ければ想いも寄らない川畑君が倒れ込んで来る。

「学校を捜しましたけど、見当らなかったもので…来て※□△…」

――滑舌が怪しい。こんな時まで丁寧な言葉使うんか、それにしても珍しいな、酔いちくれているのか、彼は呑めない筈だが――

年齢は同じだが九大受験に失敗し二年間海上自衛官だったとかで学年は、未だ一年生。魚市場でバイトする自宅通学生で、誰かと違って品行方正。考えも体軀も健康そのもので何より周囲に対する気遣いに勝《すぐ》れている。

以前訪れた折にこの長屋の印象を、頽廃《たいはい》の空気が淀んでいて自分には馴染めないと翻《こぼ》していたから、よっぽどの事なんだなと記憶していたが、何の事は無い、今は当人が先住人の御株を奪っている。へべれけで涙と鼻水のグショグショのオンパレード。

――わいたーす、片付け所じゃ無くなった。その酩酊ぶりは我々に勝るとも劣らずばい――

「どげんしたと、なんがあったとな」

「あ△※♪で……よその□△×ん……」

呂律《ろれつ》が回っていない。生死に関わることや刃傷沙汰では無さそうなのだが事情が全く掴めない、あの川畑君がここまでなるとは余程の事だ。

だが口を割らない。拠《よんどころ》無い内情を抱えているようだが私生活までは関与してない間柄、想像に限りがある。にしても口が硬い。

ま、いいか只の酔っ払いなら何てことはない。身に覚えがある、ベテランだ。同病相憐れむ、ならむしろ嬉しい。事情は知らんがこんな俺でも役に立つなら、吐くなり寝るなり好《よ》かごとしてくれ。

情けは人の為ならずだ、と一升瓶を引き寄せる。訊くのは止めて付き合おう。

「もうあんたは呑まん方が良か、ほら、水でも飲んどきんしゃい」

何や知らん博多弁やら飛び出す始末。手近の湯呑で軽く一杯、明日の予定も頭を掠めるが、もう大概で良くなっている。

項垂《うなだ》れ、幾度となく溜息を付き、意を決して話し出そうとするがまたもや溜息、ああ又、ベロンベロンと揺れて項垂れる。

「無理して話さんでっちゃ良か」

もしかして、多分、と予想は固まって来たが、知らぬ振りして汚れた下着や靴下を箪笥《たんす》の奥へ押し込みながら
「何か欲しいもんはなかね、何ちゃ無かばってん」

「……部屋に置いてあった柳瀬さんの酒を、無断で呑みました」

「そんなこたあ、どげでん良か、誰が呑もうと構わんと」

「……失恋をしました……」

――おっと、そんな事だろうと思ってたよ。しかしあんたがね、かなりの深手やね。その様子じゃ

初めてばいね――

美術部入部から約半年が経つ。バイトを頼んだ彼女との仲がどうのこうの成る訳が無い。他の部員同様、田植されたばかりの苗同様、男女を問わず一定の距離を置くスタンスは、小所帯の暗黙のルール、不文律だと思っていた。

だが成長して繁殖する苗株同士の間隔の狭《せば》まりは、今回の珍事の如く防ぎようが無い。所詮、タブーだモラルだと一端《いっぱし》の事を口走ってはいても、口程も節操の無い我身には正直言うと、親近感と愛だ恋だの区別も付かないのが実情ではあった。

多分、情が淡白なのだろう、ここ迄の失恋の経験の無い身には色恋沙汰の指南役は勤まらない。慰めの科白どころか、言葉を掛けていいのかも分らない。さりとて酒を勧める訳にもいかず

「もう遅いけん寝ろか、炬燵《こたつ》でいいよね」

彼は音無しく従う。あまり素直で間が悪い。

「川畑君、これが青春ばい、いつか良か思い出になるよ」

言いながらその白々しき無責任さに黙って寝れば良かったたと後悔した。

翌朝、普段なら無人になる部屋だから平気なのだが、伝えない訳にもいかず、ひどい二日酔の彼に

「今日からあんたも知っとる娘《こ》がここでバイトすることになってて、後で来るから。まだ寝とって良かけど一応伝えとくよ」

――まさか失恋の相手と同一人物ってことは無いよな、その線は無いにしても共通の知人の可能性は高いよな――

二部の部活動は想像以上に出席率が悪く、その人間関係を掴《つか》みきれていない部分が多く、それはそれで都合の良い所も有るので、成行きに委ねているのが現状。だから今日も成行き任せで出勤と相成り。

勤めから帰宅すると二人共まだ居た。それなりの笑顔だ。

彼の食欲は戻っていなかったが、私の大切な梅干しの殆んどは食べ尽くされていた。

「すみません、これとお茶しか喉を通らなくて…」

彼女も殆んど資料に手を付けていない。何ばしよったつかいな。

「いろいろ話しをしてて… 気付いたらこんな時間に…」

微笑み、俯《うつむ》く。二人は私より古い知り合い同士だから、事情の飲み込も早かったのだろう、彼もどこか吹っ切れた顔をしている。滑舌もすっかり戻っている。

「何の連絡もしていないので、両親が心配していると想うんで」

と少し恥かしそうに挨拶すると彼は帰って行った。

二人になった。今日のバイト代を払うべきか、と瓶の底の方に僅かになった梅干しと固った紫蘇っ葉を眺めながら迷っている。

「びっくりしたろ」

「驚きました。少し寝坊して来たのが昼頃だったの……だって、川畑さんが二日酔で休んでるんだもの、全然知らなくて……」

「悪かったね、俺、君ん家の電話番号知らないもんだから…。それで何時間も何話してたの」

「いろんな事。私相手の人想《ち》い当る上によく知ってるし…話せない事もあるし」

「だから、俺はその話せない事を聞きたいの。彼、口が硬くて」

「ふふ、悪い人」

彼女は言葉を選びながら話し始めるが、直《じき》に人の色恋沙汰に興味は失せてくる。

――俺の青春はいつ始まって、いつ終わったのだろう――

痛手を負った友人、その出来事に遭遇したことで意識の外で触発誘発された部分もあるのか、時と会話も流れのままに任せていたら、初めて出会った時から意識の底に有り続ける想いがあったことを吐露し合っている。彼女も又、あの日あの時似たような感懐の不思議を探っていたと言い出したのだ。

降り積もる雪、その重さに耐えきれず撥ね飛ばす笹の葉。宙を舞う雪の欠片《かけら》のように、理性はためらう素振りも見せず弾け露消していく。黒く長い髪へ手を伸ばし半歩前へ一歩先へといざり寄ろうと抗《あらが》うものはもう無い。

夜更《よふ》けに見送った彼女は、その日以来バイトに来なくなった。折悪《あし》く夜学は冬休み、探す手立ても限られた行く年来る年。

募《つの》る恋慕《れんぼ》に私の良識見識など屁の突っ張りにもならず、道ならぬ道という意識へも頬被り。会えない時間と残された時間、それとは別の胎内時計、その時軸のズレが現実逃避してきた甘ったれた地金を浮き彫りにしてゆく。

何くれと託《かこ》つけて呑んでいた酒がいらなくなり、酔うことを回避し始めた。部室にキープし、まだ半分以上は残っていた筈の一升瓶が残り僅かになっていても、川畑君の無茶な呑み方に関心は向いても、惜しむ感覚はゼロ。流行《はやり》だしたスナックとやらへも足は遠退き、通勤で通る中洲のネオンも誘ってこない、どころか大人振《ぶ》っていた自分の姿がチラホラ。

芯から馴染めない都会、傍《はた》らく感より得する感を求める時勢風潮も、それはそれでどうでも良くなり、事次第でわがままになっていく自分を放任した。何のことは無い、何者でもない素の自分を取り戻すまでに、ここまでも曲折を要したのだ。

遠回りや道草を食う余裕が無くなった今、猫被りの化けの皮が剥《む》けて素顔を晒《さら》しただけの話しなのだが、事は当然まわりを巻き込んでゆく。

それにしても一体全体、彼女はあれからどこへ行ってしまったのか。新学期になって一週間、彼女が授業に出ている節は無い。私とて学食での晩御飯と性懲りも無く絵具の塗ったくりに通学している程度なのだが。

いつにも増しての開店休業状態の部室、その片隅に百号の画布《キャンバス》を立て掛けた。オイルをたっぷりと含ませて絵筆を走らせる、その色の濃淡と線でイメージを定着させる。暗雲立ち込める画面が現われる。自身でもこの絵の先行きは分からない。誰かと同じだ。

さまよう心身、所在無い時間を潰そうとする姿勢、その上既に匙《さじ》を投げた才で描く絵など高は知れている。だが始めた以上は進めるしかない。足したり削ったりする訳だが、どんなに稚拙な出来栄えだろうが他人のせいにはできない。言ってみれば只それだけの小さな世界ではある。が、たられぱの通用しない、画面と対峙する自らが妥協するか、融和するかあるいは反目するしかない深い世界でもある。

パレットを左手に画布の前に立つ動作や、描き出すという作業そのものを楽しむかのように塗り重ね配置する。横の物を縦にもしなかったモノグサが画布に限っては横描きだったものを縦にしたり。

仕様も無い出来の絵と分っていても、それでも試行錯誤を繰り返す自分が嬉しくて軌跡の推移を見守っている。前夜と今夜と、今と明日の繫がりを実感しながら
――俺には、こういった物を創り出す仕事が向いているのかも知れない。自画自讃の新種じゃないか――

雑然と散らばっていた様々な想いが集まり始めた感がする。この発見は、将来に対する心細さで竦《すく》む私には一本の活路に想えた。不安を押し退け心地好く訴えてきた。

画布に可視化されたイメージは、支離滅裂を通り越して観るに耐えない代物へと変貌していた。

絵に心得の有る者は私が狂ったと言い放った。進取の気象には富まないが、短気の気性は産まれ持ってる。切り裂《さ》きたい衝動を必死で押し止《とど》めることも一度ならずあったが、絵筆を走らせ色や線を乗せるという行為には、鬩《せめ》ぐ様々な想いを紛らわす意味合も濃く存在するのだ。

逢いたいのに憚《はばか》る気持ち、電話一本掛ける事へのためらい、人目を忍ぶ気持ち、その後背に聳《そび》える剣が峰。

街では着飾った新成人が笑い合って歩いている。あれから二年か、あの忌《いま》わしい記憶はいつまで祝日の度に過《よ》ぎるのだろうか。

――沖に出たまま戻って来ない。もう何年、あと何年とつい考えてしまうとかスナックで働く姉さんが言ってたなあ――

一筋の活路が見えたとしても日々の行動に大きな変化がある訳ではないが、自分の人生を生きてみたいという我《が》は、日増しに切迫感を強め、やがてその切望に捕われてゆく。

# 五、槌　音

一階の作業場へ降りると、専務のユーさんが仕事の手を止めて案内へと立ってくれる。粘土置場から土練《どれん》機、成形、素焼、絵付け、施釉、本窯、製品点検から荷作りと各持場の職工に挨拶を兼ねて一回り。総員二十余名で私が一番の若手、地元の若者は御多分に漏れず街へ都会へ憧れて残らない由。金さえ有れば確かに生活するに都合はいい。

「最初、おまはんには成形の仕事に就《つ》いてもらう。浜ちゃんに色々と習って慣れていってちょう」

絵付けが面白そうだったが選り好みの出来る立場ではない。宛《あ》てがわれたものを遣るしかない、何事も形からだ。

三世代に渡る社長家族六人と浜ちゃんと私。同じ食卓で同じ献立、同じ風呂に洗濯機。赤茶色の味噌汁の一汁一菜、ついおかずが足りないので中央に置かれた八寸皿の漬物へと箸が伸びる。

「おまはんは、漬物が好きやの」

と誰からともなく。食事の質素さ加減を食卓に乗せる訳にもいかず
「はい、漬もんと上もんさんが昔から大好きです」

と応えても誰も笑わず、ただスベリ。ああ今のは少しは控えなさいという暗示だったのか。ひもじさを知らずに育った身には他人の飯を頂くという事は、窮屈な日々ではあるが無駄にはなるまい。郷に入れば郷に従えだ、言葉も慣習も面白がって慣れようぞ。

うみゃあ、これ食べてみりゃあ、うみゃあやらあ、と猫の鳴声か、それもいつしか人の言葉になってくる。何せこちらは退路を断った身、日々の寝食に与《あず》かれるだけでも希有《けう》、感謝、深謝。

それにしてもこの地の人は、他人の過去に興味が無い訳でもないのに、なんで踏み込んで来ないのだろう。浜ちゃんの言ういい所の意味が解かる気がする。夕食後テレビのある彼の部屋で雑談に及ぶこともあるが、彼も又詮索してくることは無い。だがこちらからの問い掛けを嫌がる風でもない。

集団就職で熊本から中京へ来たものの嫌《いや》になり、やがて土岐のタイル工場から多治見を経て瀬戸へ流れ着いたんだと話し出す。郷里を出てから十年余り、在所には母と弟を残してきたが、その弟も今は自衛官で家を出て三人三様の暮らし。思えば今が一番安定した境遇かなと照れ笑う。この地に根を張ろうとする彼につい懐《なつ》きたくもなる。

——ああ、だからか、酒の呑み方が歳の割には落ち着いてるなと観てたんだ。昔見た光景を思い出していた——

今日と同じような日が明日も来ることが当り前だった昔日、小学生に成っていたろうか、ある日風呂敷包みを胸に抱えた野良着のおばちゃんの後を、俯《うつむ》き加減に歩く隣家の三男坊和丹の姿を見掛けた。普段と明らかに違う姿に追いつき並歩すると、素っ気なく顔を背けた。見られたくない泣き顔があったのだ。

門出の春など知りもしないガキが、祖母と見紛うほど老けて見える実母とのバス停までの惜別を邪魔していたのだ。

自然二、三歩後退《すざ》りすると、くぐもる二人の会話を聞くとはなしに耳にはさんでいた。

「親方の言う事をちゃんと聞いち、辛抱《しんぶ》せな」

「…うん」

「たっしゃでがまだせ」

「…うん…」

中学を了《お》えた彼は大工に成るべく、徒弟制の世界へ飛び込んだのだ。近在の集落でも同じ光景が沢山あったに違いない。

あれから十四、五年も経てからの記憶に臨場感が宿ることがあるのか。そういえば和丹の父親を私は知らない。見たこともない。優しかったあのおばしゃんは、若くして寡婦になり三人の子を育てたのか。

出稼ぎや集団就職にこの身を置き換えてみたことさえなかった。当人を前に犒《ねぎら》いとも歓待ともつかぬ酒を呑んでいると、迂闊に問答できない所もあったりして、えらかったなと連発したくなるのも分かる。望郷や郷愁を一旦脇に置くしかなかったんだ。

自分の部屋に居る事は殆ど無く、暇さえあればほっつき回り、町を形成する家並や人路、小さな商店や脇道、目に付く人の所作や歳格好から、恐らく何十年に渡って大きくは変わってないだろう生活振りを素描している。

ラーメンが中華ソバだったり、うどんよりきしめん、ホルモンとセンマイは別ランク、佃煮屋には蝗《イナゴ》が手足を伸ばす風土、土着性。産物や食文化には、その土地で生まれ根付くだけの根拠や裏付けが有り、その理由《わけ》に出喰すと何かを究明した気にもなる。

開けっ広げな土地柄にも決っと事由《わけ》があり、その地に今自分が立っている事も強《あなが》ち偶然では無い気もしてくる。展開の早さに筋書きさえ感じてしまう。勿体無いぐらいに、

――親父が空になった飯盒で買って帰るモツ煮込み、想像しただけで涎《よだれ》が出るそれを、これが〝放《ほ》ーる物《もん》〟たいの行《くだり》。何でも食せる事は大切な能力の一つだと痛感している。そういえば浜ちゃん、演歌歌手の八代某が好きだとか言ってたな。同郷の誼《よし》みも幼児体験か――

地元で土山と呼ばれる陶石の採掘場がある。そこは巨大な擂り鉢を幾つも連ね一体化したような地形で、露天掘りされるその際限も見えない広大かつ荒涼たる窪地で、まるで人工のグランドキャニオンだ。

慕情や追憶で胸が塞がるのか、足が地に着かない感覚を覚えると、その呪縛を解こうと歩き出していた。そんな時、人は広さと高さを求めるのか、気が付けば土山に居た。殆んど草木も生えていない大地の縁《ふち》に立っていた。

# 六、出　口

校舎の建つ台地の南斜面に、今はもうかなり擦り減った階段がある。如水円清も何度となく上がり下りしたに違いない自然石の石段だ。その最上段にしゃがみ込んで眼下の歩道を何気無く見ていた。右下には名島門、その脇を固める石垣が南へと伸びている。部室はその方向にあるのだが、どうも今日は気が乗らない。卒業の可否に拘わる大事な試験も迫っている。

石段を下《く》だる人影が数人いた。通路に降りきると一人の女性が足早になった。私の目を引いたその姿こそ、私《ひそ》かに求めていた人だった。ためらいながら後を追った。彼女の足の運びに意志を感じた。無視した。言葉と表情で意志を確認したい、それだけで走った。

意外にも振り向いた顔は笑っていた。大事な話があるからと誘うとこれまた意外にもあっさりと了解して付いてくるではないか。

やはり私の婚約の件は知っていた。これで彼女の行動の辻褄が合う。それで東京、埼玉の従姉妹ん家《ち》を訪ね歩いていたと話し出す。

「…だって…あの日の事、後悔してる訳じゃないのよ。でも後で恐くなって…私はとんでもない事をしてる、行ってはいけない道だと気付いたの。もう会わない方がいいって…」

黙って去って心配かけたと詫びる。俺に対して詫びることは何も無い。誰がどう見たって俺の責任だと一端《いっぱし》の男ぶっていた。巻き込んでしまったこと、彼女の身動き取れない日々を想えば、謝罪すべきはこちらなのだが、なぜかその気になれない。

——あやまるべき相手は彼女ではない——

三月一杯で仕事を辞める。大学を了《お》える迄と期限を切ることで両方を支えてきた、そのタイムリミットが残り僅かになった今が決断の時なのだと彼女に迫っている。迷惑千万な身勝手な話だ。

卒業は確定していない、次の仕事など目鼻もつかない、結婚と養子縁組の翻意、自らが招いた事態とは言え総てが不確定要素ばかりで何か手掛かりを求めたに違いない。

——溺れる者は確かに空気が薄く感じる。正常さを失った頭で、期限の切れない人生を、仮面を被《かぶ》ったまま生きては行けない。生きたくない、いつか絶対ボロが出る、とどうにか考えながら——

「一緒に生きてほしい、今の俺には結婚してくれとか口が裂けても言えない。蹤《つ》いてきてくれと頼むしかないんだ」

——そう単純な状況ではない。既《すで》に誰にどう、気が咎《とが》めるのかと巡らすことさえ拒否し始めているんだ。前を向きたいだけなのだ。無理です無理、今はいい思い出にしたいだけ、ですって。男にはその身の処し方が解らない——

「私は何にも出来ない、家を出て生活したこともないのよ…もう何も言わないで…あなたは私がどんな思いで、あの日から…でも怖《こわ》い、世間知らずだし、足手纏いになるのは目に見えてる…仕事も無くして…親に知れたら大変…」

——指嗾《しそう》するつもりなどないのに、やっぱり唆《そそのか》してしまったか。混迷と葛藤と屈託の心境を伺わせる物言いに――

そして再び彼女は姿を消した。連絡を取ることも捜すことも出来ないでいた。自分の危なっかしさは棚に上げて、彼女の危なっかし気やたどたどしさに惹かれる自分の中の不可解な部分を眺めていた。

表面張力で持ち堪《こた》えていたコップの水はついに溢れた。最後の一滴となったのは意外にも卒業試験の手応えによる解放感だった。

婚約解消の意志を伝えた次の日の夜、重たく大儀な身体を皆の前に引き摺り出され、曝《さら》された。釈明の余地など一片も無かった。産まれて初めて寒さ以外で身体が震えた。両親の眼前で轟々《ごうごう》たる非難を浴びた。決心が揺らぐことはあったが覆《くつがえ》ることは無かった。

隠せる事は隠し通すが、この場に及んで嘘だけは吐《つ》くまいと固く決めていた。だがこの荒れ場から逃れるためと、後々《のちのち》の時間稼ぎの思惑もあって、もう一度考え直してみるので時間を下さい、と虚言妄言を吐いていた。

何も彼も途中で放り出す以上、卒業だけはしたかった。学歴なぞ大して欲しくもないが、達成感の一つ位は手にして飛び出したい。進級や卒業の判定が下るまでは部活も休眠状態で、誰もが様子伺いで帰って行く。今日も又、彼女の姿は見えない。

過ぎた夜な夜なの感傷に浸り、寒さ対策程度に酒を啜《すす》り、気持ちの置場所と身体の寄る辺を部室に求めていた。

——短い間だったけど楽しかったよ、もうしばらく俺の足場として使わせてくれよ、な——

雲泥の差をもたらす結果発表には、さすがに足が重かった。運命の別れ目、悲喜混合の掲示板の前に立つのに随分と時間を要してしまった。発心が遅れた教職課程は後一年を要したが、人並の道徳観倫理観を弁《わきま》えていない以上、その進路は故に閉ざしていた。一人静かに祝杯を挙げた夜……

安堵と昂《たか》まりの中で、深いが短い眠りを繰り返していた。

今日の晴天を約束する冴え冴えとした朝の空気が、早春を実感させる。起床をためらっていると、枕元の端《はな》っから鍵など付いてない入口の引き戸が遠慮がちに引かれ冷気がは入り込んで来た。

——ん、誰だ？　下手に動かない方がいい、このまま狸寝で…顔を覗いている、私の名を呼ぶ。まさか、夢か現か——

横たわったまま薄目で確認すると、眼鏡を掛けながら間を計る。下から見上げると少しやつれて大人びて観えた。久方振りで、それも無いだろうに開口一番が、卒業できる、だった。まさに零《こぼ》れた言葉に、そう、良かったねと返ってきた。

寝そべったまま下から手を伸ばすと、その手を躱《かわ》して横へずれると腰を下した。私は掛け布団を剥ぐと上体を起こし、あれからどうしてたと尋ねた。

「いろんな事を考えてた…考えまいとする自分でも気が付いたら…最初から私の気持ちは決まっていたような…一緒に居たいんです」

掻《か》き抱いていた。彼女の決心と立場の切なさ、これからの不安も重ね合わせて抱きしめた。

おっとそろそろ出勤の時間だ。ここに来て掉尾《とうび》の振り納めと感じ始めたのか、サボる気は無い。

人目には朝帰りに映るやも知れないが構う気にもならん。長屋御法度の連れ込みとは次元も内容も違いまっせ。

大手門脇の緩やかな坂道を帰る後姿が電車の窓から観えている。

暫《しばら》く見なかった姿、いきなり横に座った姿、今夜又会おうと約束した人の歩く後姿が一本の線で容易に繋がらないのだ。だから疎《おろそ》かにできない、粗末にできないんだ、この時間の産物という奴は、どこでどう絡《から》んでいるのか、どう影響し合っているのか謎だらけだ。

衣服を脱がす私の手を止めて
「…あれは、何の音？…」

と脅える声と身体。耳を澄ますと遠くで雷が鳴っている。

「雷だろ、季節はずれの雷だよ」

「しゅんらい？…」

――初めて耳にした言葉、春雷の文字が即座に浮かんだ、その文字はしばらく眼の奥に残った…

冬が終わるのか――

春雷の放つ閃光が時折照らしていた窓の磨りガラスは、その光源をいつしか行き交う車のヘッドライトに変えていた。春の雷は場所を移してまだ遠くで轟いている。

――その残響と間合いが、何か予感めいたことを告げた気がした。ん何だ、聞き逃がすまいと耳を欹《そばだ》て伺うが、追えば追うほどその気配は遠退いていく。空耳だったのか――

弛緩《しかん》した私の腕の中で、何を思慮していたのか、突然彼女は洩《も》れたように呟いた。

「しあわせになりたい…」

そして続けた、小さいがはっきりとした声で
「しあわせにして下さい」

心奥の叫びを聞いた想いだった。幸せにすっから、とすぐにでも応えたい衝動に駆られたが、私にはその概念が実生活に於て何を指すのか分らない。具体的な幸せの姿形《すがたかたち》が見えないのだ。

虚を衝かれた、幸せにするための切り札は何だ。腕に力を込めてごまかすしかないのか。これまでの人生で難儀という言葉は、耳に胝《たこ》の出来るほど聞いてきた、だが愛だの幸せだの歯の浮くような台詞はテレビ以外では、耳にも口にもしたことがないのだ。

御破算《ごわさん》で願いましてはと出直そうという身には、応えてやれないもどかしさ。いと惜しい、手離したくないという感情の赴くままに呟いていた。一緒にしあわせになろう、と。

驚く程安らかな顔で、傍らに横たわる彼女に、そろそろ門限だぞと帰宅を促せば
「今日はいいの、嘘付いて来たから…母は何か勘付いてたみたいだけど…」

思い詰めて、相当疲れていたのか、やがて小さな寝息を立て始めた脇で、逆に私は神経の一部が

妙に冴えてきた。先ほど幸せの端緒を掴み掛けていたのだ。幸せと、満ち足りた気分が同義語なら、原体験を探ればきっと見付かる、と。

ガキの時分から雨の休日が好きだった。早朝、目覚めて雨音を聞くと布団の中で身悶えしたくなる程、満たして来るものがあった。それは農作業や山仕事の加勢や手子《てご》に行かなくて済む、という怠け心が大半を占めていたが、雨の日は家族が揃うという貴重な日でもあったのだ。目や声や気配が届く範囲に家族が居る、それだけで確かに満たしてくるものがあったのだ。

洗う訳でもないのに洗濯と呼ばれていた布団の綿の打ち直しや破れた衣服の継ぎ当て。漬物の下拵えや唐箕《とうみ》を操り、石臼で蕎麦を挽く。蒟蒻を芋の皮剥ぎから、豆腐を大豆から造る。季節変われば、藁《わら》で縄を綯《な》い、刈り置いていた茅《かや》で炭俵を編む。

賭け事遊興一切しない両親や祖母も心做《な》しか穏やかで、その側脇《そば》で兄弟で遊び、腹を満たし、ふざけ、競うように手伝い、十《とお》に一つは褒《ほ》めて貰った、たおやかな時空間……。

三和土《たたき》に続く内厩《うちまや》には、敷き換えられたばかりの藁の上に寝そべる、黒々とした瞳の和牛がこちらを観ている。

あの雨の休日の感覚は、あれから何年も天候に関係の無い生活を送っているのに、勝手に反応し、今でも自然にしばし陶酔している。あの慈《じ》雨《う》の感触は日頃の渾身《こんしん》が裏打ちされたればの豊かな時間だったのだ。

――貧富や優劣、格差も確かに小さな村でも少しはあった、でもそれと幸せは必ずしも……俺はきっと考えすぎている——
　隣で休む人の肌の触感と温《ぬく》み、規則正しいやすらぎの寝息が、それに馴染みゆく私を安息へと誘う。

　長い時間放置して逡巡の素振りを窺《うかが》わせる、というずるい手口も限界に近づいていた。蛇の生殺しだ、半殺し状態だやいのとせっつく雨風が吹き荒れ始めた。当然だ、何の落度も無い上の我慢だもの。

　三月に成るや否や辞職届けを出していた。既《すで》に二週間が経つが、それを知る者は局舎の同僚以外いない筈だが…。

　一遍帰って来い、と親から掛かった一本の電話だけで予測の付く用向き。重い身心を引き摺って帰れば案の定、父は言うに及ばず母の立つ瀬無きは以心伝心。居竦《いすく》まった項《うなじ》の上を飛び交う〝ムゲネエ、ムゲネカロガ〟。

　突っ伏した母の悲嘆に闇《く》れた、遠吠のような痛哭《つうこく》と絞り出る嗚咽に震え、黙りこくった父に脅《おび》えた。嘆き心頭に達し、発せられる貶《けな》す言葉より、その唇の震えにおののいた。

　命を持ってしても償えない事があることを初めて知った。言葉や理屈、ましてや金銭でも慰藉《いしゃ》や収拾をみない現実に立っていることを思い知らされていた。

　眠れぬまま育てて貰った時間を横目で視ながら古里を後にした。

醜い己の正体が赤裸々になっていく中で、身体も思考も麻痺し、現下の状態を招いた主因副因の張本人のくせに、人の持つおぞましき深淵を覗くことに吐き気を覚えつつも、只茫然と無責任に、正視することを避けていた。わなわなと傍観するしかなかった。

親から見離され、郷里が遠退き、生きてゆく場所を失い、この先何をどうするのか、という重苦しく押し寄せてくる不安。

いきなり節理なき破棄を突きつけて、言い知れぬ不信不安に陥《おと》し込む。澱《おり》となる創疾、傷心を負わせた彼女とその家族の憤懣は、口さがない世間の一角での影響は、身の置場はあるのか、癒されない日々はいつまで続くのか……。

——一切合切を……か——

新たな悲しみや、禍《まが》々しさの連鎖への畏怖《いふ》、おののきの狭間合間に訪れる日常をこなす日々、炙り出されたブザマな自分が情け無く、厭わしく、ペラッペラの偽善者ヅラが直《じか》観える。惑乱《わくらん》の中とはいえ、狡猾な優柔不断の逡巡、企《たく》らみの因循姑息で謀《たば》かって時を稼ぐ。その手の内への罪悪感と自責と呵責。

——隠れ持った本性なればこそだ——

一時間後の自分の姿は想像が付く。明日の自分は多分、今日と然程変わらないだろう。だが三日後、一週間後となると全く見えない。立ち尽くす我が身の、時の経つ体感と皮膚の感覚が尋常じゃない。

一日一日を這《は》っていた。そんなある朝、市井に向けられた窓口に座ることを止《や》めた、虚脱感による職場放棄だ。僅かに残っていた常識と呵責をどうにでもなれと投げ捨てた。

電停の安全地帯を降りると、生き慣れた道とは反対の方角に向かっていた。その行為の投げ遣りで無責任であることは、意識の縁《へり》で捕えてはいたが引き返すことはなかった。

公園の入り口付近でどのくらい茫然としていたのか、まるで子供の家出だな、と思い至った時は欠勤の電話を掛けるには時が経ち過ぎていた。機会と常軌を逸したことに気付いても、一度ペシャンコに萎えてしまった気力は、このままでいたいのか、立ち上がることを面倒くさがる。

怠惰で散漫な頭での堂々巡り。既に思考を離れた思念の中でも、自然人目や陽光の下を避けてしまうのは、その見窄《すぼ》らしさだけはどこかで自覚しているのだろうか。敵か味方か、毒か薬か、何を否定し何をどこまで受け入れるのか、疲弊し判断力を失った身体は、陰影に閉じ籠《こ》もりたがる癖に得体の知れない何者かが外へと導く。

闇雲にうろつき、細迷《さまよ》い悶えることで自分から離脱して行った自己の行動を、なるだけ掌握しようとしている。一体自分の何を見届けるつもりなのだろう。

いつしか北へ向かって歩き出していた。簀子《すのこ》小学校の脇で汐の匂いに気付くと、あ、そうか博多は港町だった、と身体を傾けた。驚く程の近さに多くの漁船が碇泊している。これが博多湾か玄界灘か。西公園を見上げながら周回すれば、これ又意外と大きな能古の島影。黒門川に沿って歩きながら、ふと現在地を確かめようとした。

やがて陽も沈み、家々から漏れる明かりも増えてゆく。長屋はすぐそこなのだが、家の明かりが浮かばせた、我身の上が帰るのを拒み始める。追っ手の迫り来るのを感じるのだ。今しばらく世捨て人で居てみるか。

――こんな無様な俺にも、ああやって団欒《だんらん》に集う日がいつか訪れるのだろうか、いやいや、大抵の人が大なり小なり何かを抱えてるかもな――

弱り目に祟り目の惨憺《さんたん》たる一日も過ぎる。

力無く草上に倒れ伏し、草枕ならぬ肘を枕に丸まった中の島。

半分死んだ人間の、眠れぬ夜にも催花雨《さいかう》の気配の朝が来る。昨日から何も食ってないなと、タクシー乗務員相手に早朝から営業している大衆食堂へ立ち寄れば

「あらら、あんたくさどこへ寝とったとう、背中に一杯枯草の付いとうよう」

と思いがけなく強い力で、はたき落とす店のおばさん。

あ！　私の非日常を振り払うのに一役買ったその感触は、あの日あの時、遣《や》る瀬なく吐き捨てた母の

「おまえのこたあ、もう死んだち思うちょるけんよか……」

の後に続けようとして口を噤《つぐ》んだ空欄を〝どこでなっと生きていけ〟と、たちまち埋めていった。

それは、おまえにはまだ失っていないものもあるぞと内耳の襞《ひだ》に届けていた。

その足で出勤すると、一番に昨日の無断欠勤を詫びた。対応する上司の仕事の穏便さに、途惑い

つつも虚勢を張ることで厚顔無恥の間抜け面を、しれっと窓口に晒《さら》せた。内心絶えず打ち寄せる、曝《さら》け出した醜態への落とし前の着け方とその機を腑抜けなりに探りながら……。

関所を抜けて気の迷いも薄らいでいたのだろう。その分広がった仄明るい視野に求める人の後姿を捕えた。

その急ぐ足取りは誰かと搗《か》ち合うことを避けているように映ったが、矢も盾もたまらない衝動を抑える力は余りに弱く、とっさに後を追うと声を掛けてしまう。

振り返り、そして仰ぐ人との間に片時、逢えなかった想いを集約したような空気が流れた。

あのきぬぎぬの朝からどのくらい経ったのか。休日の外出許可は月一で、日々の門限は午後十時。こっちもいろんな事情を縫《ぬ》っての間隙の逢瀬だ、そうめったらやったらとはいかない。

——気も回らずにいた背中一面の枯草、あれは知らずに纏《まと》っていた柵《しがらみ》の抜け殻だったのか——

あの朝から幾分身軽に成った感覚の中に居た。飯でも食おうか。

二人掛けのテーブルが三つ、この小さな定食屋が卒業が決まってからは学食代わりになっていた。味量とも申し分無いのに、時間帯のせいか殆ど毎日一人常連の客、それがうら若き女性と同伴と来たものだから、店のおばちゃん目を見開いている。

彼女に事の経緯《なりゆき》を伝えた。私は簡単ではない事をつとめて簡単に話した。沽券《こけん》に係わることは最も簡略化した。

――どこの馬の骨とも知れぬ、無い無い尽くしの目の前の男と、同じ道を行くことを選んだお前は、前だけを見詰めてればいいんだ――

小さい声だった。月例のものが無いんです、と躊躇無く言った。多分迷いはあったに違いない、今言っていいものか伝えていいものかと。それを感じながら耳には入ってくる言葉の意味を考えていた。

目が泳いでいたのだろう、おばちゃんの目ん玉がまん丸に成っていたのを捕えた。届いていたのだ二人の会話が。

――壁に耳ありとはよく言ったものだな、それにしてもあの後直ぐ目を細めて意味あり気に頷いたのはどういう所作だ――

少しも驚きは無かった。徒手空拳の身の上なのにたじろぎも一切無かった。むしろ百人力に感じていた。


貯金を引き出す人、預ける人、各種料金や税金を納める人、切手や葉書を求める人、小包や封書、現金書留を送る人、イロハのイ、日本のニ、桜のサ、葉っぱのハと祝電弔電打つ人。今日も窓口を人とその生活と貨幣と時間が通り過ぎてゆく。踏ん切りを付けた事でこの頃自分の接客が少し変って来たのを感じていた。人の用に応えていただけのものが、用に添えるようになってきた。この四年間は自分都合の単なる垣覗《かきのぞ》きだったと思えて仕方ない、が多分、一過性の思いだ。

――一人の僕に成れなかった奴が、公僕なんぞに成れる訳がない――

定時に窓口を閉め、その日の決算が終わる頃、身計っていたのだろう主事が、ちょっと来てと呼ぶ声。

「退職は今月一杯でと承知してますが、有給休暇の未消化分を振替えると、勤務は後二日となります。それと退職一時金が月給の約一ヶ月分ほど支給されますが、これは手続き上、早くても後二週間は要します。後日連絡しますので受取りに来て下さい、現金書留で送ってもいいですけど。この一時金は六十歳を越えて受け取れば、五、六倍の金額になりますが如何《いかが》しますか」

意味が半分しか理解出来ない。錯綜する置かれている状況と懐《ふところ》具合と打算。今すぐ金は欲しい、喉から手が出っ放しだ。

――とても六十過ぎ迄生きてるとは想えない、すぐ貰おう。それにしても出勤が後二日でいいって…この人は今の俺の状況心境が分かった上で、手筈を整えているのでは……たまに居るんだよな、見て見ぬふりのできる人が――

「明日までに返事します」

時間が意志を持った。潮目や進展の流れや速度が変わりつつあるのは何処《どこ》となく感じていたが、今はっきりとそう感じた。

私にかまけ、煩《わずら》わされていた時間が、拘《かか》わることにうんざりしてサーッと手を引き始めた。するとグズグズ回っていた回転軸が修正され、やがて体内時計の刻む速度に違和感が無くなっていった。

長かったトンネルの出口の明かりが見えだすと、段取りも組み易くなった。今後の予定、その項目の数は高が知れていた。だがその内容たるや想像を絶した。

半ドンで帰宅した私は身のまわりの整理に追われていた。最初の下宿が廃業した折に別れて以来、音信不通だった先輩が突然訪れ引戸を叩く。咄嗟に物音や息を潜めていた。彼も局関係だったので私の退職の件をどこかで耳にしたらしく様子を見に来たことが窺えた。居留守を使う気まずさの内で何を思ったか、交流の途絶えていた旧友にあっておこう、今しかないという思いが沸《わ》いてきていた。

高校の同窓生だ。彼は他の高校を中退しての再入学だったので高三の時分には、俺はもう成人だからと隠れて煙草をスパスパやっていた、なのにその当人が風紀委員長。初級公務員の行政職で同時に社会に出た折、私の勤める局と彼の職場の近いこともあり、金さえあればつるんで夜遊びに明け暮れた。固《もと》より馬が合う性質《たち》なのか年の差は感じず、持金が心許《こころもと》無くなると遊興《キャバレー》への軍資金調達と称してパチンコ三昧。敢《あ》え無く煙草銭は疎《おろ》か電車賃まで無くし、オケラが二匹コーラの空瓶をちんたらちんたら拾い歩くこと度々。バカだねー、なんばしよるとかいな、とどちらともなく誰に言うでもなく笑いながらゴチて懲《こ》りもせず。わかっちゃいるけど、やめられねえ、か。

そんな同輩が心機一転、一念発起、突然

「仕事辞めて、東京の帝京大へ、進学する事にした」

そもそもが開校以来一番ではと口々に乗る程の器。特に数学では頴脱《えいだつ》たる成績の彼が就職を選んだのが間違いの始まりで、両手を挙げて送別した彼は、住み込みの新聞配達で凌いで、勉学に励んでいる…筈だった。ところが音信不通のまま一年が経ったある夜、日毎《ひごと》芽吹く柳枝が風も無いのに揺らぐように、何の前触れもなくフラリと帰って来た。精気を感じず、面変わりした上に奥歯に物の挟まった如き喋り方しかしない。その様を前に根掘り葉掘り訊けもせず、かつて連れ立ったガード下のストリップを覗いた折の、あのにやけた無防備さが恋しくて、邂逅の一夜を暖めたくて、まんず一杯呑むべと湯呑酒。ところがすっかり弱くなっていて、やおら横になると着ていた上着を吐瀉物で汚す始末、慌てて水洗いしたが朝には頭陀袋の態《てい》で物干し場にぶら下がっていた。お洒落など無関心な彼もさすがにそれを着た己の打ち拉《ひし》がれた姿でも瞼に浮かんだのか

「実は今日、夕べ話した大学の入学式があるったい、おまえの背広を借せ」

少し身体を壊して帰って来た。九産大に入学し直すと昨夜聞いていたが、着たきり雀の装いにまさか本日がそんな大切な日とは想いも寄らず、色合や形は疎か寸法までも構っておれず、急遽着ていく事の顛末。時折質種《しちぐさ》になる以外は出番の無い私の背広は、急ぐ必要もないのに翌日返却されていた。形の復元はアイロン無しでは難しかろうに、生乾きの上、あの匂いはまだ残っていただろうに彼のブレザーは見当たらない。――あれから二年。

どうして旧交を暖めなかったのか。そんな事に理由はいらない間柄、私とて生きてる手応えを求

めて、生きてみたい道筋を探して、右往左往と立ち往生を繰り返していたのだ。昨今はお互いを必要とする以上にもっと必要とする別のモノがあっただけの話しだ。そんな彼の近況も気になっていたが、非日常にフッと生じた隙間を埋めるような思いで足を運んでいた。

万年床の掛け布団は綿が一辺に寄って固まり、どこか陰湿な部屋は電灯が割れ落ち、夜陰だけとは思えない暗さが躙《にじ》り寄る。

自らの後ろめたさとまだ平常心とは言えない心理から来るものもあるのだろうと話題を彼の大学生活に向けるが、言葉を濁して乗って来ない、歯切れが悪い。それでも粃《しい》元気を振り絞って、

「田中角栄は凄いぜー、大した男ばい」

今はそんな話にはこっちが乗れない。相槌を打つだけの問答か。

お互い想い描いた日々が送れていないのは明々白々で、久々の再会に虚勢を張りつつ身構えているだけ。だがそこは気心の知れた仲、当らず障らずの遣り取りの内にも、相手を親う想いは伝わって懐かしい笑顔と息使いも戻ってくる。

彼は天井の電灯を壊した木刀を半分に切断して小太刀に作り変えようと削っている。

「こん木刀、お前の下宿から持ってきとった、今更だけどごめん」

「そんなこたあ、どげでんよか…」

不器用に動く肥後守《ひごのかみ》を持つ左手を見ながら、福岡を出る訳を打ち明けていた。

――あれ、アベしゃんは左利きだったっけ…問題は木刀の長さではないと思うけどな、こんな

狭い部屋で…—

別れの言葉を、突然の訪問を詫びる言葉で代用して立ちかけると、唯一の明かり灯る机上に日本列島改造論が広げられているのが目に止まる。

思惑や想像とに大なり小なりの気持ちのずれをそのままに通りへ出た。

みぎわに湧いた寂寥は、振り返ることさえためらわせた。

自分の事はさて置いて、道半ばの友にその生き様をとやかく言えた立場ではない。曲がりなりにも彼の向学の徒、俺は明日をも知れぬ流浪の身。

新しい季節の気配の中を歩き続けながら、啓蟄の虫のように身体の奥深い所で、力の籠もり来るのを感じていた。だがしかし何でもないこの夜の別れが、まさか遠く永い別離になろうとは…。

どうやって沈潜《ちんせん》の境界を抜け、泥濘《ぬかるみ》を渡ったのか、自分の事なのに解せない。自分の力じゃない事だけは少し解かる。

必ず連絡をするから待っていてくれ、と初めて親元を離れる彼女に告げると、怖いと一言洩らしてしがみつく。虫の息の私に和《やわ》らげたり払ったりの手立ては、抱擁以外ないのか。

今の俺を慕《した》う気持ちも歳月と共に変わって行くだろう。俺とてこの先何があるか分からない道を行く上で、この想いが不変ということはあり得ないだろう。

生え際が禿げ際に成ろうとも、訪れる日毎と折々に誠意をもって向き合わねばならない、当たらねばならない。

――それが出来なければ俺の人としての値打ちは無い、人間のクズだ――

指折り数えながら待ちに待った退職の日が来た。何事も無かったかのように局舎を背にした私は、一旦部屋に戻りこそこそと旅立ちの支度を続けながらその時を待った。

すっかり暗くなると、自分がしてきた事へのけじめだけは着けねば、後はどうにでもなれと婚約者が住み込みで働く家へと身体を向けた。

どうのこうのする心算《つもり》も、言うつもりも無く、只頭を下げて詫びを入れる事以外は何も考えられなかった。

やはりその敷居は高く、帳《とばり》の降りた夜の暗さだけが浅く短い呼吸を助けてくれる。

勝手口のドアの鍵は開いていた。半畳に満たない靴脱ぎ場へ身体を入れるが、物音一つ聞こえない、異様な静けさの中案内を乞うが、一層の静寂の間が広がる。

相手の女性は二階から降りてくるなり、しおたれ立ちすぼむ私に目を向けると、やや詰問調に
「どうして…何でこうなったと」

質問されたと受け止めた損傷の残る思考回線は〝愛が無かった〟と保身を含む言葉を口に命じた。

――ああ、この期に及んでぬけぬけと――

「愛ちゃなんね、私にも教えてよ」

口を噤《つぐ》んだ。もう何も言うまい、何も考えまいと回線を切った。

「悪かった、申し訳ない事をした…」

跪《ひざまず》く足下のスペースを確認する内、その機とその気は失せ、低頭のまま詫び続けた。

その後も彼女の声は届いていた、でも敢えて聞き採ることを辞めた耳に、その意味までは伝わって来なかった、やり場のない遣る瀬無き憤懣以外は。

謝罪の気持ちを重ねて言うと、そそくさと外へ出て歩き始めた、と背後で物と物とがぶつかる音がした。一度っきりで止んだ音は、私の中に余韻を残した。

――俺は今、忿怒《ふんぬ》の石を叩き付けられている――

眼前の打擲《ちょうちゃく》とは別物なのに、なぜかふっと過日の記憶が蘇《よみがえ》る。

何の理由もなく、強いて言えば気色が悪いというだけで、川岸の石垣をくねくねと這《は》い登る蛇《くちなわ》に大小の石を投げつけた光景が。

岸辺に落下し逃げ場を見失った蛇の、のたうつ白い腹を目掛けて、動けなくなる迄これでもかと石を投げ続けた昔日が。

――これが、お前が自分で仕出かした事だ、よく見ろこれがお前の了見の顛末だ。最後は自分を採る人種なのだ、ざまみろ、ザマミロ、非道《ひど》い男だ――

何度も何度も呻吟《しんぎん》をほざいた。一回り小さくなった身体は明るい場所を避《さ》ける。商店街を避《よ》けた暗がりから闇を縫い、這々《ほうほう》の体で最寄りの駅への帳《とばり》を潜《もぐ》って進んだ。

あくる日、できる時に済ましておくといった段取りの一環で五分刈り頭にした。

――後髪《うしろがみ》への配慮かって、ないない、これで整髪料もドライヤーもいらないだろ――

生活必需品の電気炊飯器に米と升を詰め込んで、これから向かう村へ郵便局留で送った。

そしてその翌日、二通の手紙を書き投函した。ポストの中でコソクッと音がしたが構う余力は残っていない。

女性との間には子供が出来ていた、後戻りはしない、この地にはおれないと我執《がしゅう》だらけの言葉を列《つら》ねた。

私は遁走で事の収集を濁し、仲人を一人針の筵《むしろ》に座らせた。父には長屋の荷物の後始末まで頼んでずらかった。

こじらせたまんまの事態は人任せにして、これ以上の修羅場は無意味だと正当化しながら、もはや後は不毛な時間だ単なる形骸だといいわけをしながら姿を消した。

二束三文だったが、金目の物はすべて現金に換えていた。残ったガラクタを父と兄はどういう想いで車の荷台に積んだのだろうか。

# 七、雪《ゆき》解《げ》

過ぎ去った日を振り返っても気弱になるだけだ、何の役にも立ちはしない、詮無《せんな》きことだ、無意味だと索莫《さくばく》の淵《ふち》に立っていた。

やがて視野の拡がりを前に落ち着きが戻り始めると長年に亘《わた》って採掘され剥《む》き出た幾重にも成る帯状の地層の、その断面を目で辿りながら、地底へと降りてゆく。

一頻《ひとしき》り自身の情なさを嘆くと、細迷う焦点が陽光に照らされた断崖を横に走る色の変化に向かう。遣る瀬無きまま、時空の隘《あい》路《ろ》へと放り出されていた意識が、あの堆積する地層を成すのに何千万何億の年月を要したのだろうと目覚め始める。

その地球時間と大地の胎内から、外輪で仕切られた上空を流れる雲を、只眺めている。

悴《かじか》みを解き放ち渡る風音に耳を澄まし、肌に言わせる。この五感が捕えたモノだけが存在しているのだ、残りは総て錯覚だ、人が勝手に創り上げたにすぎないモノだ。

露《あらわ》になった断層に手を伸ばし、木節《きぶし》粘土を蛙目《がいろめ》をそれぞれ触《さわ》り、その境目を撫でてみる。

――この時何があった、ん？　何があったんだ――

蛙目粘土を舌先に乗せ、鼻孔を拡げて微かに漂う砥石に似た匂いを嗅ぐ。

動物になれ、野生よ戻れ、あのトンビと仲間にでもなってみろと、思考と感情をなるだけ封じ込めようとした。

それでも日日《ひにち》が変われば一時凌《しの》ぎか糊塗は剥げ、遊ぶ子もいない校庭のブランコに腰下ろし、夕映えの移ろいに身を預ける内、気が付けば不覚にも落涙《らくるい》。女々しいと憂悶への扉を閉ざし、その上から戸板を打ち付けることとなる。だがその頻度は日増しに減り、前後して新地での場慣れの兆《きざ》しを感じ始めればしめたもの。

――ああ、奥嬖慕情に眩《く》れるときか――

異郷の地の文化の見聞や実体験の点や線が繋がりをみせ、新たな線と交叉し肉が付く、やがて回路は辺になり次なる点との距離を縮める。一日毎《ごと》に息を吹き返す思いか。

朝目覚めて一番に、その蘇生感を覚える時、それで良か、これで良かったいと、開ける活路に目の前の一日が大切に思えるこの頃。

榾火《ほたび》はいつしか熾《おき》になり、自らの灰で埋もれゆく。

成形の仕事に少し慣れて油断が生じたのか、機械に指を挟んだ。実際はわずかな時間の出来事だったのだが、まるでスローモーションのように見えた。

右手人差し指に圧を掛けながら機械の一部が乗ってきた。無理に引き抜いたら下手《へた》をこくと判断し通り過ぎるのを我慢して待った。

「あ痛《いた》ーす」

と喚《わめ》く私を病院へと送る運転席の専務が

「やめるか」

「辞《や》めません」

赤信号で止まるたんびに
「やめるね」

――何ば言いよるとかいな、こん位で何回も――

「この程度で辞めたりはしません」

「…いやいや、そうじゃなくて、こっちでは痛いのを病《や》めるって言うの」

――は？…病める…か――

その想いやりの籠もった優美な言葉の情感に感心するやら合点がいくやらで、その上その慈雨をもたらすような語感に
「いい言葉ですね」

と思わず漏れた途端、何かが琴弦に触れた。それは自分でも驚く程で、指の痛みは忘れ
――俺は決っと病んでる、痛めているのは指じゃない、他にどっか具合が悪いんだ――

堰《せき》が切れた。半分開き直って、ずーっと言い出しかねていた言葉を繋いだ。

「事情があって離れていますが、実は一緒に暮らしたい女性《ひと》がいるんです。近い内に一度帰って話を進めたいので二、三日仕事を休むことになるかも知れません」

「ああ、そう、所帯を持って腰を据えてもらった方が内らも有難い、おまはんの気の済むように

したらいい」

と探《さぐ》りも入れて来ずハンディとも採らないで、むしろ嬉し気、意外な有難き展開。

気付けば指の痛みなど屁でもない、これなら唾《つば》でも塗っとけば直りそうだ。


とは言ったものの、口ほど簡単に腰は上がらず、靄々《もやもや》と煮え切らないまま日は過ぎる。

ある休日、逍遥《しょうよう》にと立寄った土山。辺りを切り裂くトンビの鳴声の中、俯瞰《ふかん》しただけで背を向けると古本屋で道草を喰い、開店間際の陶磁器店を時々覗き見、脇見の梯子《はしご》路。

かい出された米の研ぎ汁のような川面の、その物影しか映し出さない水面《みなも》をコロコロと転って遊ぶ泡《あぶく》を見詰めながら、しばらくの間つくねんと放心していた。

何かが動いた気がして顔を上げると郵便局に人影が。日曜なのに営業している、あ、そうか、と殆んど同時に一瞬、気掛りな事を取り除く糸口が過《よ》ぎった。勃然《ぼつねん》と湧いた想いを抱えて簡易封筒を買い求めると、その場で彼女の父親に充て経緯のあらましと、面会の許しを乞う恐惶謹言を認《したた》めた。

しかしそこが軽薄さの成せる業《わざ》、背倫を不倫と誤記するか普通。

——え？ 普通はそんな手紙書かない、だよな——

週末、福岡へ向けての出しな専務の奥方が
「在所へ一度帰りゃあて△＃×○してちょ、内の人が二度と○♪×△…戻りゃあ♪□△気い付けて□△」

――ん…？　すでに緊張しているのか、もう二度と帰って来なさんな、としか聞こえない。やっと住めば都の思いも定着し始めてるのに――

水を差された気がして、何でですかと問えば、又戻って来なさいよ、内ら皆待ってるよ、とあべこべの意味で、一気に有難さが増幅し出がけの駄賃を頂いた気分。

全く、その訛と云ったら、生《き》っ粋《すい》の人の使う名古屋弁は一段と解り難《にく》い。

――ひょうずん語でちゃんとモノ言うちくり、いっちょん解らんめが、と人のことは言えやしないか――

書き送った手紙が、彼女の父親には初見《しょけん》初耳の事件な訳で、その上いまいましい許し難い不倫文字とくれば、すわ娘の否《いや》家庭の一大事。と、その逆鱗の矛先《ほこさき》は彼女とその母親に向う訳で、寝耳に水の父親による烈火の如き詰問と、その後の幽閉閉塞《へいそく》は火を見るより明らか。

博多駅に到着するや、今からの訪問の承諾をと初めて回すダイヤルの番号。彼女を電話口への望みも空しく、同居する伯母さんらしき人の応答と受話器から伝わる騒動の後の不穏気配。その事態がよく呑み込めないまま

「とにかく御在宅なら、今から伺います」

――それにしても伯母さんのあの取り乱し様は、何かあったに違いない、ふつう母親が電話に出るだろうに――

この一週間、自らに語り掛け続けた、何を置いても人として通らねばならない道、という強い思いがその行動を取らせていた。

花木を好むと聞いていたのでその家の見当はすぐに付いた。椿や山茶花にこぶし、それに混じって柿、枇杷の果樹、柑橘類もあちこちに植えられている。

玄関脇の泰山木の大きな枝葉の間から覗く表札を確かめると、異様な程物静かな空間へとスロープを降りて行った。だが数歩も下《くだ》るとそれは、海面穏やかなるも、海中には岩礁、潮流があるが如しの空気を秘めた静けさに感じ出した。

憤満を腹に納めて厳然と差し向かって座した父親は、意外にも静かに穏やかに、しかも論理的に語りかけてきた。即座に嘘やごまかしが通用しないものを感じ取った。

恐れおののき、それでなくても緊張の極み、招かれざる客の負い目も荷担してくる。相手の土俵の上で問われることに、しどろもどろと応えるだけで精一杯。唯避けてはならぬ道、踏まなければならない局面という思いだけで自分を支えていた。

隘路《あいろ》を探し合間を伺う、その間隙を縫《ぬ》って発した

「一緒に成りたいのですが、お許し…」

「それは出来る相談ではない」

と毅然《きぜん》と言い放たれた言葉の風圧が壁となって迫り、その一蹴《しゅう》に縋《す》がる糸もプッツリ切れた。

暇乞《いとまご》いして外に出れば、早、薄暮の趣。そのたたずまいに一息吐けば、想いがけず背後から

「今晩泊まる処はあるのか」

と労《いたわ》りの言葉が降りてきて目の前にぶら下る。

「はい、何とかします」

と言うしかないではないか。後の事はなーんも考えていない、すごすご眼前の急な坂道を転け落ちるだけ。

おためごかしなど這入る隙はなく場面でもない、ぐうの音《ね》も出ないのだから。あわよくば一目逢えたらの願いも消沈。事態をどこまで把握しているのかも分らない父親に、迂闊に彼女の容体も訊けず、言い含められた感で見るも無残に立ち去る自分は、心許ない金をはたいて一体全体何をしに福岡まで来たんだ、と只戻《ただもど》りを自嘲の笑いで支えるしかなかった。

険しい関所を抜けた解放感を少しと、僅かな達成感の中、何をどうしたら良かったのかと物思いに耽《ふけ》る足は、一夜の寝所を求めてこの間《あいだ》引き払ったばかりの長屋へと自ずと向かう。合わせる顔が無いとはこういう事か、逐電《ちくでん》の照隠《てが》てさか友人知人に会いたくない、敷居が高い。事情を話せる局面でもなく、その上忸怩《じくじ》たる思いを両手に抱えているせいか、手土産は無いのに手ぶら感も無い。

それでも身心は勝手知ったるロングハウスならぬ長屋の包容力に甘えるのか、一夜の過客で済ましてしまおうと挨拶を交わす程度の、西南学院大学に通うかつての隣人の扉をノックする。

「今晩一晩、泊めて貰えんやろか」

「あれ！　柳瀬さん？　いいですよ」

いとも気安く返してくれる。いきなりで悪いね、とか何とか通り一遍の社交辞令で失礼すると、今何しよるとですか、いきなりの引っ越しだったから皆で話しよったとですよ、と我身が心配の種を蒔《ま》いてた有様に平身低頭、

「瀬戸という所で、瀬戸もんば作りよる」

「えーっ、瀬戸って、あの愛知県の瀬戸におるとですか、私は一昨年《おととし》迄、多治見に居ました」

隣の岐阜県ではあるが、多治見も歴史ある焼物の産地で、地理的にも文化的にも極めて縁のある隣接の地、位の知識は仕入れていたので、エーッ！　あんたは一体、どこの誰な。彼は嗤《わら》いながら
「長崎出身で、多治見のとある学校に通ってました、でもどうしても馴染めなくて福岡に戻ってきました、西南に入り直したとです」

「そうな…帰って来た人と行った人か…それで去年からこの長屋に…それで福岡の水はどう、合うたな」

「はい、福岡は住みやすか処ですね」

顔見知りではあったが、一遍に打ち解けて
「酒でも呑みますか」

久々の湯呑での冷酒は旨くて沁み渡る。

「酒、飲めるようになったごたるね」

「この頃、猪口猪口《ちょこちょこ》やってます、あはは」

と飲めるようになった男と、呑まなくても良くなった男が触れ合う不思議な場面。

敷かれた布団に滑り込みながら
「ところで多治見ってどんな所やったと」

思いの叶わぬ事もいくつかあったのだろう、彼は言葉を濁した。慌《あわ》てて
「よかよ、話したくない事なら俺にも山程ある。それもこれも青春の一ページたい」

――これじゃ立場があべこべじゃん――

彼の機嫌はすぐ戻り、愉快な時が流れ行く。

…父親の静かににべも無く言い放った言葉が、最後通牒に採れないのはなぜか。〃出来る相談ではない〃呆けた頭ではあったが確かに聞いた。

あの時俎上《そじょう》で、その場逃れの虚言だけは言うまいと心掛けていた。さりとて洗い浚《ざら》いともいかず、言葉を選び、時には濁しながら応答していた。そんなどこか煮え切れないくせにこれだけはと、煮零《にこぼ》れたように〃一緒にさせて下さい〃と上半身を折る厄介者に、怒り心頭の父親としては想わず出た言葉だったのだろうか。いや、間髪を入れず返ってきたあの峻拒《しゅんきょ》の科白《せりふ》は、前後のやりとりで生まれた言葉じゃない。信念の下に用意された確たる本心に間違いない。私とは真逆で一時の感情や思い付きで、大切なことを口にする、口走るような人ではなかった。

出会ったことの無いタイプの大人、彼女はあの人に詰問され、責められ、諭《さと》され、又は外出厳禁

の軟禁状態かと想うと、いたたまれない。不安と葛藤の迷宮の屋形舟に、加えてもしかしたら喪失感の中に今この時も未だいるのかと想うと無力さに神妙になる…。

それでも飛び込みで泊めてもらったこの部屋の主と過ごした時間に感受した寛容と温み、その背後で感じた人知《じんち》の及ばない、縁《えにし》の不思議な巡り合わせに、彼女との仲を後押しされているようで、その結ぶ糸はまだしっかりと繋がっているという安心を抱いて眠りに着くことができた。

昨夜の名残りの中で目覚めると、彼はすでに起きていて、いきなり

「今日、向こうへ発ちます？」

「あっちこちで用事を済まして、夕方七時の夜行でね、この前と一緒の奴よ」

「それって長崎が始発の夜行列車じゃないですか。実は僕も最初多治見に行った時それ使ったんですよ。朝、名古屋に着く奴でしょ」

「ああそれそれ、長崎発だったんだ。それで端《はな》っから満員だったんだ、あれが一番安かとよ」

――就職列車だったのか、あれで多くの人が郷里を離れるんだ、そういえばあの夜の車内の雰囲気と混みようは――

まだしばらくは工場の二階が住居になる。お礼を言って、何かあったらと会社を連絡先に書き置いた。

登校する彼と一緒に長屋を出たが進行方向は真逆の西と東、貫線道路の中央に敷設された軌道と電停、そのそれぞれの安全地帯で向かい合う形で電車を待っている。

　——少なくとも一年以上は同じ長屋に居て、まともに交流したのは昨夜と今朝だけか、そして今度はいつ逢うとも知れない。他生の縁、人の出会いの機微に触れるとはこういうことか——

　と顔を上げると彼はこっちを観ていて軽く会釈をしてくる、私も慌てて頭を下げた。

　夏場は苦行か、と受止め四年間通勤に利用した電車は驚く程空いていた。数年後に廃線の噂のあるこのチンチン電車に乗るのも最後かも知れない。

　——時間は何も彼も変えてゆく——

　働らいてきた郵便局で、退職一時金を受け取る手筈を終えると、夕方迄身体の空いた私は、かつてバイトをした場所へと足を向けた。

　奇遇にも隣町、歩いても十分も掛からない。貫く生活道路に面した家並に大きな変化は見受けられない。出前を運んだアパート、銭湯や一軒屋の家構え、そして取り分け道幅が小さく窮屈に映る位だ。

　瀬戸の町中《まちなか》を探るように歩く内に感じた類似性、それがこの町のこの界隈だったのだ。

　社会人になって初めて聞くこの町の評判、その多くは芳《かんば》しいものではなかった。その謎、疑問を解くべく、持て余し気味の時間と身体を振り向けた。

　叔父はなぜ最初に自分の店をオープンさせるに当り、人が剣呑《けんのん》がって敬遠するこの界隈を敢《あえ》て選んだのだろう。

　調理師免許を持ちながら大阪でトラックの運転手をしていた叔父が、突然一人の若者を連れて戻って来た。その若者を博多人形の工房へ預けると自らは大衆食堂を構えた。
二十七、八才の一人親方は従業員を雇うつもりはない、金儲けの出来る立地ではないと予《かね》てからつねづね口にしていた。高校生の分際ではその理由《わけ》を訊くのも憚《はばか》られた。田舎者が寝起きし観た世界は確かに異質だった、でも異様ではなかった。これも都会の一部なのだ、と。
雑々とした都会の、私の知らない生業《なりわい》で営まれる生活の一端を垣間見たが、憬《あこが》れも羨望も沸かない。その後一年余りで店は畳まれたと人伝で知った。

陽光の下、静まり返ったこの町内の路襞《みちひだ》の昼と夜の顔の違いを少しは知ってる。瀬戸の町との根本的かつ決定的な違いを、確信を持って再確認した私は、項《うなじ》に視線を感じながら家並を抜け大通りへ出た。

叔父のやっていた食堂に貼られた貸店舗の用紙は日に焼け変色し、何かを語り掛けて来る。通りの向こうには当時と変わらぬ賑《にぎわ》いのアーケード、その商店街を右手に進めば川岸に立ち並ぶ掘立の住居群、そう澱んだ御笠川の河口だ。進路は左だ。

並ぶ古着屋の前を抜け、床から山と積まれた書籍の上に屋根だけを乗っけたような古本屋にちょっくら立ち寄って四方山《よもやま》話、近々立退《たちの》きらしい。グレシャムの法則と親の箴言《しんげん》を反復する空《うつけ》を、大音量で麻痺させて時間と金を巻き上げるパチンコ屋を覗き見、

——たいがいにしとかな、相手の思う壺ばい——

櫛の歯の抜けたような最近更地になった敷地、以前何が建っていたかどうしても思い出せない。

記憶の曖昧さ好《い》い加減さに少し苛《いら》つく、苛立ちは連鎖して、曲がりなりにも商科を出た自分が何故浪費を繰り返すのか、生涯賃金の差は歴然なのにどうして安定した職業に見切りを着けたのか。儲けるということにつんのめって得たもの、失ったもの。果して頭脳の働きと心の動きはこの身体から、いつまで遊離を続ける気なのだろう。

蓮池は観えないまま蓮池の地を通り抜け、厄年でもないのに若八幡《やく》にでも詣でてみるかと、博多の町を漫《そぞ》ろ歩きながら、今後生涯約束事は御法度だなと戒めている。

――それにしても神社仏閣お墓の多い処やな、…俺は何を失って何を得たのか…足の向くまま気の向くままよってか…なんやかんやで頭ん中は打っ散らかったまんまよ――

博多駅のホームのベンチに腰かけて、七時丁度の夜汽車を待っていた。

「おーい！」

「オーイ！」

と私の名を呼ぶ声に我に返って振り向けば二人、ハモニカ長屋の住民が駆け寄ってくる。

――何だ何だ、放っといてくれても良かったのに…

どうして判ったんだ、エーッ何でだ、そうか――

一人はひよ子饅頭の箱を、もう一人は八朔《はっさく》の入ったオレンジ色の網を一房下げている。

「これ向こうで世話になってる人に、こっちは車中で食べて」

言葉が出ない、出せない。この二人はどこ迄事情を掴《つか》んでいるのか、多分何も知らない。顔が歪《ゆが》

に、
む、友の顔が滲《にじ》む。
何の詰問も咎めだてる気配もない。元気でなと言った後、勝手に盛り上がって万歳三唱する勢い

「そ、それだけは止めてくれ」

と声にならない声。

――ああ、俺は人に対してあんなに優しい気持ちになったことはない、相手のことを想って言葉を掛けたこともない。いつも先ず自分有りきだった。情けねえよ…持つべきものは…どいつもこいつも何て奴らだ…いつか俺もあんな人間に成れるだろうか、手遅れか――

デッキの窓ガラスに額を預け、頬を伝うものをなるに任せることで自分を保つしかなかった。

車体に寄り掛かったまま、この一両日を想っていた。ずーっと馬の耳か蛙の面のような神経だったような気がしてくる。

のっけに彼女の身体の異変を知らされた時、何で選《よ》りに選ってこんな日に、と身勝手極まり思いを呟き、両親との間に一悶着あったな位にしか捉《とら》えていなかった。そうじゃなかったんだ、それだけじゃなかったんだ。

一週間前、思い付くまま認《したた》めた書状。こまねいてばかりもおれず、道を付ける心算《つもり》の一歩が逆に踏み荒していたのだ。

こん惚《ぼ》けなすのした事は、ひた隠す彼女の葛藤を露見させたばかりか追い詰めてしまっていたのだ。

軽挙妄動を悔いていた。又一つ大切なモノを失《な》くした。居場所が退《の》うなった…と、その時、水路を覆った暗渠《あんきょ》から陽光の下へ引き出されたしこり。

それは、この地の去り際に明らかにした懐妊の事実、私はその文字をあの時、免罪符として認《したた》めていたのだ。芽生えたばかりの生命を口実に使ったのだ。

誰のせいでも無い、何も彼もが自業自得だったのだ。

――父ちゃんを許してくれ、こんなつまらん親の元に産まれてこんでよかった…――

座り込みたくなって客室へ入ると空席はあちこちにあった。内も外も暗い帳《とばり》が降りていて、天譴《てんけん》を受けた不届き千万の弱虫は、両手に顔を埋め左右に振ることしかできない。

見えたと思った道筋はこんがらがり、愚かさ加減に心底呆れ、自分を詰責することにも疲れた。

――ああもうよか、もうほじくっても取り返しはつかん、身から出た錆たい。眠りたか…明日から根《こん》限り働いてみるよ、今出来ることたあそれだけたい。…もうよか…たくさんだ……もう寝るばい――

しばらくまどろんでいたらしい。今迄は冴《さ》えた芯が残っていたが久しぶりに意識が飛んでいた。

――ああそうか、あの時と同じ夜汽車に揺られていたんだ、就職列車の役割も今頃は薄らぐんだな…よもやこんなに早く一度福岡に戻ることになろうとはな…忘れ物を取りに帰ったような時間だったたな――

意外にも寛《くつろ》ぐ気分も戻っている。こんまんまもうしばらく、眠らせてくれないか。

募る思いとは裏腹に二人の間には何の収穫進展も無く、色男でもないのに金も力も無い。自らに愛想を尽かした吾《われ》は、蟠《わだかま》る一切を暗渠へと押し流し、覗き込むことを止めた。

――三思を捨て沈思黙考を振り切ることで見付かる新たな抜け道でもあるのか――

朝ぼらけの気分を泥《なず》ませながら、名鉄瀬戸駅の二階にある軽食喫茶室からのレールの眺めでも、と階段を駆け上ればハッと現実に引き戻されたかのよう。

朝食を兼ねた食事を掻き込み帰宅すると、早速作業着に替えて工場へと急いだ。友から預った土産を奥さんに手渡すと
「あれ、今日まで休みだったんじゃ…」

と言う傍《そば》から何かを感じ取った風に口籠る。

「早目に片付いたんで、午後から出ます」

と被《かぶ》せて応えて持ち場へ向う。

した事の是非はともかく、一度彼女の父親と対面できたことは気持ちを軽くしている。少なくとも焦慮は薄まっていた。

「おかえり」

笑顔で浜ちゃんが声を掛けてくれる。

「仕事上がったら、センマイでビールやりましょう」

なーんか、久々に考える事なく口を突いた。

「よかよ」

と破顔一笑。

取り留めのない会話、共通するホロ酔いの加減と波長が千切れた部分を修復するように癒してゆく。

「ほら、もう一杯いこまい」

「ほんな無理言いやすな、わいもうえらあで、もう呑めんがな、ほやらあ」

「その皿取ってちょうへんか、ここのセンマイどえりゃあ、うめゃあな。どがしこでん、はいるばい」

「おお肥後弁の混じった、懐かしかあ」

みるみる間に鉄板を攫《さら》うように平らげられてゆく。

内陸部に位置する瀬戸の暑さは隣地の多治見には及ばないがかなりのものらしく、熱の籠った工場で働いた後は、この肴《さかな》でビールを飲むに限ると力説。

「五臓に染み渡るこの感触は、堪《たま》らんぜえ」

――よか人ばい、この仁《じん》も。堂々と汗と泥に塗《まみ》れることへの期待と憧れの入り混じった思い――

数日後に届いた彼女からの便りには、先日会えなかった理《ことわり》と相変わらない旨の気持ちが綴《つづ》られていた。私はその行間に逡巡を感じた。

自分の時間が必要なのは解り切っていたがその間に互いの気持ちが乖離《かいり》していくのを恐れた。だが状況の変化に伴う以前とは違う葛藤と相克を踠《もが》いてみるのも大切なことではないかという想いもあった。

現実に触れた日を境に、のぼせ熱が下がり始めている。その解熱が急がば回れの余裕を生んだ。会いたくても容易に会えない距離、手紙で気持ち伝えても返事が届くまでには一週間を要する距離、想いだけでは埋められない穴や越えられない壁が有るという現実、それらが冷却の氷のうとなり、病める私を快方へと切磋へと導いていく。


先日届いた退職一時金を加えても十万にも届かない全財産、生活必需品は皆無。

意気込みだけでは、その意気も生活も維持展開できる訳も無く、最低二、三回は給料を貰わないと厳しいな。そうなれば盛夏、一緒に暮らすことになっても、彼女の口に臓物や蝗《いなご》など合う筈もなく、新たな難問山積か。

エーイままよ、と放り出せば、出来る相談ではないのあの親父がホラ見たことか、それを二上りの三下り、牛馬糞《あんぽんたん》の糞まみれ、言わんこっちゃなかろうがなどと宣《のたま》う姿が想い浮かぶ。

——エーイクソ腹の立つ、ほんなこて——

フルマラソンの長丁場を幾つもの短距離に刻んでしか走破できない体力と性格には最初からペース配分など念頭に無い。持ち合わせるものは、逃げるという危機回避能力と疲れ果てたら横になるという原始的処方箋のみ。

パズルのピースを並べ合わせることで良しとしてきた能力では、完成図は疎か全体像を推《お》し測ることは叶わず、当然要するものは揃えず、その霞んだ道程の長遠さに唖然として茫然自失、立ち往生で手を拱《こまね》くばかりの日々を送っていた。

六月が来、そちらに行くことに決めました、これから準備なので日日《ひにち》は未定ですが、という一見事務的な、想ったより淡白な便りが届いた。

男親と娘の心模様や織り目具合など今度の件に出交《でくわ》すまで見たことも想像した事も無かった私は、待ってましたとばかりに一しきり騒ぎまわると早速専務に報告する。おもむろに電話に取り付くと

「アパートには心当りがある」

とダイヤルを回している。アパートと云えば文化住宅、そんな所に住めるのか、

「一部屋空いとりゃあすと。道路に面した二階だもんで多少は五月蝿《うるさ》あだろうが…それで、保証人は心配無いとして…敷金等の初期費用に掛かるお金は有りゃあすか」

「あっ、はい」

その痒い所に手の届くような対応に、そう返事するしかないだろう。

バス停の脇にある共同の玄関扉を開くと突き当りに洗い場が見える。左側に三室、右側に二室と階段。その、くの字の逆の折れ階段の裏側に共同便所。靴を脱いで二階へ上がれば直《す》ぐ右手に共同の洗い場、正面に三室、左手前に二室、そしてこの踊り場の背面に二畳程の物干し場。アパートと

云うより間借りの寮の有り容。

煮炊きする三畳余りの小部屋を跨《また》げば、奥に六畳の和室ありて必要最低限の調度品を並べるには充分だし分相応か。

隣家の雑貨屋が家主で、家賃六千八百円の敷金礼金三ヶ月。電話取り継ぎＯＫだと。

窓を開ければ鼻下にダンプが走り、その度に少しガタガタ揺れる。埃舞う向こうに並び建つ墓石の斜面が視界には入るが眼中には届かない。今一番死と遠い所に居るせいか。

――起きて半畳、寝て一畳、メシは三度喰っても二合半、てか、よしよし間に合うぞ――

城内から大手門を潜《くぐ》り下《しも》の橋を渡って博多を後にし、愛を知る圏へ脱藩するも藤岡を抜《ぬ》け小原を渡り再度丘を辿って峠を越えて漸く須恵戸か、そして今どこの追分からの里程標なのか早、一里塚町は光荘。住んだ町と辿った土地名を捩《もじ》って遊んでいる。領主のうら若き縁者を言い含めて掻《か》っ攫《さら》った若き門番、連れ戻そうとする追手《おって》が迫る。身を隠さねば、捕えられればこの不届き者めが…と、で妄想が止む。窓辺から腰を上げながら
――やはり俺は少しおかしい、きっとどこか病んでる…現実を見らんか、こんバカタレが――

拠点が定まれば、見えてなかったものに気付いてくる。五里霧中の早くも一里の霧の切れ間なのか、胎動を続けている親への思慕《しぼ》へ和《やわら》かな光芒が射した。せめて安否と所在地くらいはと父へ便りを出した。時あたかも山間《やまあい》の農作業は一段落、早苗饗《さなぶり》の頃合ではなかろうか。

生活にも追われながらも負けじとひたむきに生き抜いて来た人の持つ、口数は少ないが重い存在

感を放つ雄弁さと、いつでも身体を張る事の出来る潔《いさぎよ》さを持つ父を、私はこれまで知ろうとした事がない、なかった。

婚約の際も口を挟《はさ》まず、時を経て為出来《しでか》した背徳、そうあの禍《わざわい》の渦中でも諌《いさ》めはするが一切責めず、

「元に戻れるなら、戻った方がいい」

と言ったぎり口を噤《つぐ》み、後は押し黙って項垂《うなだ》れた。

「もちょっと父ちゃんも何か言いない」

と母にせがまれせっつかれても、私と同じ姿勢で頭を垂れて只黙って座り続けていた。今にして思えばあれは孤立無援の息子への庇《かば》い立てだった。馬鹿な倅の気持ちと立場を見守っていたのだ、私の将来を守ろうとしていたのだ。失ったことで得たもの、離れたことで近づいたものを想っていた。

博多から南東へ、そう九州の内陸部へ向かえば雑餉隈、二日市を経て山家宿でシュガーロードと交差する日田街道がある。右方向は佐賀吉野ケ里、長崎で左手の冷水峠を越えれば飯塚、北九州方面である。

かつての天領地日田へとそのまま歩みを進めれば、その街道の一端を担ってきた恵蘇宿へ辿り着く。その地の利を生かして築かれた山田堰《ぜき》からの堀川、その用水路を水流が満たす時が近づく。望郷と追憶が棹を差し掛け合う。

――よか潤《うる》いやなあ、ああよか潤いじゃあ――

出征先の五島列島で終戦を迎え、長崎街道を徒歩で帰還したのが二十頃《はたち》か。二十四、五で隣家から母となる人を娶《め》とり私の兄を儲ける、が直後、三年の長きを臥せていた実父を亡くし実母とオバ、妹弟六人、妻と実子を養う家長となり昭和二十七年、私が産まれる。当時、朝と夕それぞれに一升メシを焚《た》いたと聞く。

最早戦後ではないは他所の風、戦争特需は余所の台所。家人と牛で田畑を耕やし、林業炭焼きでも生活は火の車。降雪積雪に閉じ込められる冬場の狩猟だけが実益を兼ねた唯一の気晴らしか。野兎や山鳥で食材を補い潤すゆく年くる年。

ひもじさなど知らぬ年月と安息の眠りが、当り前のような暮らし、それでも何が気に喰わぬのか地べたを転げ回り、誰もが手を付けあぐねる頻発する次男坊の癇癪と六年生にもなるのに治らぬ夜尿症《おねしょ》。

——三連水車の櫂板《かいいた》は力強く水を掻き始めた——

塗炭の暮らしの中、働き詰めて過労からの血尿。生憎《あいにく》の農繁期で付き添う人も無く、布団を背に括《くく》り付け身の回りの物を両手にぶら下げて、バスを乗り継ぎ太刀洗の病院へ倒れ込む。胴回りを半分割《か》っ捌《さば》き腎臓の片方を取り除く。近縁遠縁に頼れる者無き三十路男に去来する心身中の痛みと不安と心細さは想像を絶する。

——櫂板の左右に設けられた羽根柄杓《びしゃく》は、規則正しく水を汲み上げている——

漸く経済成長の活気横溢《おういつ》のお裾分けか、倅を高校へやり、社会へと送り出したと思いきや、その当人が人様の日常を引き裂き無辜な娘に禍根を残す迷惑を掛け、トカゲのように尻尾を切って失踪した。時計の針を逆に戻すことは出来ない霹靂《へきれき》か。

――連なった三機の水車は一定の旋律を刻みながら同じ方向に廻っている。水車の両側にしつらえられた樋《とい》へ、羽根柄杓は勢いよく水を空ける。

〝我田引水　我利亡者、臥薪嘗胆　木苺《きいちご》あったぞー!〟

と軋《きし》む音や水音を力強く上げながら脈動を続けている――

緩解が灌漑《かんがい》を呼んだのか、水無月の一連の歳時記なのか。

数日後、短かい便りの封書が届いた。

おまえが使っていた全国地図を何度も見ている
随分と遠くへ行ってしまったな
相手の人は、連合《つんの》うて行ってるのか
達者で暮らせ

先ず飛び込んできた余白の多さを気にしながら一気に読んだ。続けて二度三度とゆっくり読んだ。失意の滲《にじ》む行間にむせび、言葉にならない父の無念さ漂う白い空間に嗚咽を洩らした。やがて語りかけてくる余白が、想うように生きてみれという余地へと変わるのを感じ始めていた。

待てど暮らせど彼女は来ない。もしやもしやでアパートへのカーブを曲がる。仕事を引けると道沿いの部屋の灯りに胸膨らまして、暮れなずむ最後の道角を曲がる。明かりは今日も無い。落胆のまま郵便受を探《さぐ》るが何も無い。全身を傾けた分たたらを踏むよな肩透かし。待ち侘草の遺瀬《やるせ》なさ。二日に一度は室内を覗《のぞ》いてもみる。が、花婿《むこ》道具の扇風機と冷蔵庫が触られた形跡もなく淋し気に鎮座するのみで、残りの生活必需品は懐《ふところ》と彼女に相談の上にと楽しみにしていたのだが便りから早二週間、何かあったなとは察するが行き違いになってはと手紙も出せず電話での催促もさもしげでできない。想えば不都合があって当り前。

どうせ人の一生、半分は待ち侘《わ》びの日々、待てば海路の日和ありとも言うし梨の礫を喰らいつつ面影浮かべて待ちぼうけ。

――♪　逢えない時間が愛育てるのさ…　♪

なんちゅう歌だ！　人の気も知らないで……。

彼女は今まさに人生の曲がり角を曲がっている筈だ――

六月も三週間が過ぎていた。仕事中電話があり、今瀬戸駅に到着していると言う彼女。側《そば》のタイムカードを押しながら騒音で聞こえづらい専務へ身振り手振りで早退の旨を伝えると、韋駄天《いだてん》の如く坂を駆け降りた。待望の時が来た。快哉《かいさい》の嬌声が溢《あふ》れ、咆哮《ほうこう》が口を突くが知るもんか、どうせ私を知る人などこの町にはいない、嘲笑《わら》わば笑えだ。阿呆《あほう》の雀躍《じゃんやく》だ。

眩《まぶ》しい。駅舎を背にし鍔広《つばひろ》の帽子にワンピースの裾が翻《ひるがえ》っている。まだこちらに気付いていない。まるで触《ふ》れればたたむ含羞草《おじぎ》、はたまた風そよぐ土堤《どて》の悲願花。おっと気付いたか、こぼれる笑み。片手を上げて合図を送るが脳はまだ幻想を続行していて、切り株に着地した一輪の御衣黄桜《ぎょいこうざくら》の花冠《はなかんむり》を観ていた。

私はすでに栃狂《とち》っていて彼女との距離感が捉《つか》めないでいる。もっと親《ちか》しい人の筈だがいざ目の前にすると歯痒い程のもどかしさ。

「来たよ」

小さいがはっきりとした声、羞《はじ》らいの笑顔が当時を彷彿とさせ、待ち侘びの日々をどこかで鼓舞していたのだろう気持ちがなよなよと解ける。

「よく来たね」

たった一言がようやく言えて後は脂下《やにさが》った只の男。

気恥かしさと誇らしさの手を繋ぎ合い、川べりの町筋《まちすじ》からアーケード街へと案内しながら歩いてアパートへ向かう。荷物は驚くほど少ない。時折見せる浮かない表情に新天地に立つ不安からだろうと想ってはいたが実は胸に一物も二物も抱《かか》えていた。一時の窮地は脱したとはいえ未だその一衣《いちい》帯水《たいすい》はおろかその向こう岸の様子など想像する余裕もなかった。

部屋に着いた。抱き寄せて抱擁でもと手を回せば、俯《うつむ》き、身も心もここにあらずの仕草。

「父が顔を合わせてもくれず、駅から掛けた電話にも出てくれなかった…」

と、余程重荷だったのか、いきなりの胸中の荷ほどき。

さすがに虫のいい我欲は萎《な》え、驚喜乱舞のときめきも半ば失せてゆく。

涙ながらの翻《こぼ》れ話に男としての別の気持ちも湧いてきて、今の彼女に必要なもの、それは連れ添う男の人としての意気込みか。愁然としていく彼女を外気へと誘う。

「ちょっと待て、話は後でゆっくり聞く。済ましたいことを先に片付けよう、ちょっと付き合え」

と手ぶらで表へ。時を経た生活感以外は何の装飾も無い通りを抜け会社に着いて挨拶。長い間の賄《まかな》いと住まいに深謝を述べて、たった一つの私物のカバン片手に新居へ戻りてそれぞれの荷ほどきの二人。

やがて、自らの腑甲斐《ふがい》無さに押されるように
「…色々と辛い思いさせたね」

「…そうねえ、自分のしようとしている事で父があなると…あのう、私達ってそんなに悪い事してるの？」

まさか自分が、とドジと蹉跌を踏んだことを、立ちはだかる父親を目の当たりにして気付いたのだろう。

「ああ、悪い事をしている。親に心労や迷惑を掛け、暗たんたる気持ちにさせた事は逃《のが》れようのない事実だ。まだ生々しい心境のお前に話していいのか…俺はこの頃こう思うようにした。全《すべ》てが

善人もまったくの悪人もこの世にはいない。又正しいと思われている事だけが正しい訳じゃない、ってね。メロンの皮のあのえもいわれぬ網目模様も実は傷を覆《おお》う痂《かさぶた》と云うしね…確かに則《のり》は越えたが…。もう俺の中の三連水車は大地に水を汲《く》み上げ田畑を潤し始めている。一緒にお父さんの心のバリケードを取り払おう。」

「何？　その三連水車ってなに」

「俺の育った朝倉にあるったい。灌漑《かんがい》用に二百年程前に造られた筑後川の山田堰《ぜき》から引き込んだ用水路の水を農地に汲み上げる装置だよ」

「三つの水車が連なってるのね」

「いつか帰れる日が来たら観に行こう」

いつしか白く憂える表情に血色が戻っている。手塩にかけて育てたに違いない娘に対する父親の気持ちは解らない。下手《へた》に解ったつもりでいるときっと表層を舐めて終わることになる。理解したい気持ちと安易に解らない方がいいのかも知れない思いが鬩《せめぎ》あう。唯、彼女の話しから伝わる姿勢は影像となって目の奥に残った。

寝物語に聞く彼女の父親の映像は、一度の会見で抱いた印象と重ならない部分も多く、鮮明さを欠いていたが至極当然な霧中信号。戦中戦後をしかも現場で生き抜いた人の持つ価値観やものの考え方から来る揺るがぬ強固さが要塞のように聳《そび》え、その上K大学の長の付く役職の現役とあらば、かの学生運動の最前線で指揮を取り、後の始末をつけた人の筈。何の展望も素養もおまけに面目も無いまさに徒手空拳の私に太刀打ちできる相手ではないことは自明の理。全貌《ぜんぼう》はおろか片鱗さえ知らぬが仏、触《さわ》らぬ神に何とやらだ…身の程知らずとはこのこった。そもそもが身の丈って何だと傍《かたわ》らの愁眉の開けた顔を観ればそんな父親の面差《おもざ》しはどこにも見えず、決っと母親に似た娘なのだと想像は膨み迷走を始める。

「どうしたの？」

「いや、お前の今の顔を脳裡に焼き付けていた」

と応じながらもたぶらかしたお尋ね者の心持ちも未だ少し。いつの日か、行く手を阻《はば》んだあの父親が居てくれたからこそと思えるようにならねば。

――投げられたのは采か匙か――

漸く訪れた我が世の季節を謳歌すること三週間、食卓代わりの空箱はやがてお払い箱となり、飯《めし》炊《た》き煮魚味噌お汁《つゆ》習うより慣れて、そんなままごと生活の馳走の無いのも又楽しくて愉快。必要に応じてやってきた自炊経験も役に立つもんだなと自画自賛。連れ添う銭湯への道すがらが嬉しくて二人分の食膳が眩《まぶ》しくて洗濯板での手洗いも苦にならず、陽当りの悪い物干し場にはちょっと困ったが余分な金の無い質朴たるかつかつの暮らしに不満も不安もない。

初めて親下を離れた彼女は放鳥、水を得た魚、旅の恥を味方に嬉戯《きき》として爛漫無碍《むげ》と手足を伸ばし右へ左へ駆け廻っている。何しろ部屋から一歩出れば凡てが未踏の地、未知の世界、つい探索したくなる脇道坂道に出喰わしているのだろう。異国情緒、風光明媚など及びもつかないが見所やどこか馴染み深い散歩道はふんだんにある。その上見慣れぬ人が通っても一一《いちいち》表情を変えない鷹揚《おうよう》な土地柄人柄、包容力。あちこちへ首を突っ込んでは情報を感受しているのだろう、と思っていたら塞《ふさ》ぐようすや物思いに沈む姿が増えだして

「福岡に帰りたい」

と言い出す始末。動揺を隠して

「おお、よかくさ気の済む迄帰ってこい」

といっぱしの大人ぶってはみるのだが。

――♪　洗いかけの洗濯物…シャボンの泡が揺れている…　♪――

一週間程で帰省から戻っていた彼女、手放しで迎え入れるたなごころ。経験に無い程の迅雷《じんらい》や雷鳴に何度か首を竦《すく》めていたら流汗淋漓《りんり》の夏が来ていた。納豆のような匂いで帰宅する日には、

「帰りに銭湯寄ってきたらいいのに」

「臭いやろ、俺は両親のこんな匂いの中で育ったから懐《なつ》かしい位だけど」

「汗洗い流して着替えたらサッパリすると思って…」

「首振りの扇風機を背後に化繊の制服着て汗を抑《おさ》えるように窓口に座ってた頃に比べたら今の方

がどんだけサッパリか、夏場になると水分控《ひか》えてさ…一人の時は帰りがけに風呂済ますこともあるとよ」

「あの裏道の暗がりはちょっと怖いから私は助かるけど」

「だろう、一人では遣《や》れないよ」

暑熱順化か、確かに福岡より早かったな。

街中で育った彼女はどこまでの暗闇を知っているのだろうか。漆黒の闇は知らない筈だとこの場に意味のない方へ話題が行きそうなので口を噤《つぐ》んだ。久しく蛍《ほたる》舞う光景を観てないなという思いが浮かんだ。

次の日曜日二人は赤津の谷川清流へと涼を求めた。炎暑を凌ぐ目的もあったが、この頃、連れ合いの物見高さが薄らいでいるようで気になっていた。大小の石の間を冷水が縫《ぬ》っている。川底にまで届く陽射しを避けて淵瀬の流れに足を浸しながら握り飯をパクつく至福の時。一度帰省してやがて一と月が経つ彼女は自らの来《こ》し方行く方に耽っているのだろう時折何かを見詰めている。掛ける言葉がおざなりになりそうで次第に口数の減ってゆく私は何か川遊びでも、と顔を上げれば勇壮なオニヤンマが黒と黄の色彩を見せびらかすように緩急まじえながら飛んでいく。妖《あや》し気な色で空中停止と旋回を繰り広げるハグロトンボ、それら薄い翅やかぼそい身のどこに領分を守ろうとする本領を隠しているのだ。石に枕し流れに漱《そそ》ぐ、ふいに羽風を感じて視線を向ければ流れの中程の石に止まったセキレイ通称石たたきがその長尾羽で何の合図かモールスを打っている。

帰路、通りすがりに目にした作陶する姿に招《まぬ》かれて工房に入れば馳走の煎茶の向こうで休みもせず沖縄のシーサーに似た狛犬《こま》にしてはやや小振りの置物を手捻《てびね》っている主人。そういえばこの地の神社の狛犬は大きく見事な陶製だった、と継《つな》ぐ会話のさ中でも指先や手の平で捏《こ》ねた粘土を圧《お》し当てたり伸ばしたりと形を成して行く。彼の話す今でも現存するかつて活躍した巨大な登り窯や化学実験に使う器具や碍子《がいし》を焼成できる窯も一見したい。役目を終えてなお放つものに接したい、と右脇の彼女の様子を窺《うかが》えばその面差しはどことなく上《うわ》の空。その温度差加減に胸に一物ありと感じていたら案の定数日後

「私達もう別れましょう、別れる為に出会ったのよ」

と思い詰めた表情で小難しいことを宣う。

――やっぱ、あの時トンボに習って羽を伸ばし休めたつもりが彼女は尻切れとんぼの宙返りやトンボ返りを学んでいたのだ――

「ちょっと待て、先月といい今度といい月末になると困ったことを言い出す。多分ホームシックだから実家へ帰ってゆっくり考えてみたら…俺にはそんな気はサラサラないから」

とは伝えてみたが実際いなくなるとこのまま戻って来なかったらなどと考えてしまう。

彼女との間にこんなに早い別離があるとは、私の内《なか》には露程も無かった。悶絶寸前、引き裂かれる思いの中でも人の事をとやかく言えた立場ではない事は百も承知だ。首の皮一枚の身にできることと、それは理解はできなくとも気持ちに寄り添うことだけだ。瓢簞鯰《ひょうたんなまず》とは言ったものだ。

二度目の里帰りから戻った彼女は、何事も無かったかのように振舞い、よく笑った。私は引き留める打算も有りや無しやで浜松、大原三千院とそれぞれの物見遊山一泊旅行。土岐、多治見、犬山城に日本ラインの川下り。定光寺や岩屋堂、森林公園と近場での仙遊にも興じ、行動範囲を広げるべく中古の自転車を買い揃えるといった大盤振舞。だがしかし小人の機嫌取りの部分を感付いたのかどうか二度あることは三度と云うが如く、またしてもその月末例の症状に見舞われることとなる。

惜別の疑似体験とその猶予の期間に乞《こ》いや飢《かつ》れに対する内なる覚悟は育っていた。初めて親元を離れるにせよ只の二の足や回帰性だけではないな、受け入れようと。無駄足を踏む感覚に似た今の境遇に羽交い締めまでして縋《すが》る気はそがれ始めていた。雨も降りすぎれば固まる前に地面ごと流れる。心残りはあったが彼女も現実を観たのだ。違う道を行く人との別離を断腸の思いで、苦渋を嘗《な》めるとはこういうことかと受け留めつつも出逢いと別れの不確かさに無常観も漂う。それでもシケた面《つら》すんな、いちいちぶれててどうするとやと強がってみたりもする。逃げ水はもう追わん。

三度目の帰省を言い出した彼女を、翌朝早くバス停で見送っていた。過去二回は国鉄大曽根駅で見送ってそのまま仕事は休んだ。何の意図も無かったが今回は目と鼻先の停留所。

あのカーブの向こうにはすでにバスが来ている筈だ。あどけなさの残る横顔を青白くさせ俯《うつむ》きながら言った。

「… 別れて下さい… ご免なさい…」

せつな哀《かな》しい眼指《まなざ》しで私の目を探るように観た。来たか、だがこの場面で私の頭脳は彼女の私有する物の引っ越し運搬方法が過《よ》ぎっている。選《よ》りに選って何だ。彼女の背後に走り来るバスが見える。目鼻の先には共に暮らす部屋が見えるとはいえ、何を考えている。突きつけられた最後通告だぞ。

「… わかった… もう別れよう…」

くどくど言う気は無かった。幸か不幸かその時間も無い。バスはすでに止まる態勢にはいっている。瞠目《どうもく》の彼女、

「… いや、別れない… 別れたくない… きっと帰ってくるから待ってて… お願い」

頬を伝うものを眺めながら、

——自ら言い出しといて何を言ってる？　何で泣いてる？　もう帰って来んでよか——

乗降口の扉が開く。一段二段、タラップの上から振り返る。

「きっと待っててよ」

おおと返事はしたが半信半疑。閉じるドア。女心が解らない、朝令暮改なら腹も立つだろうに何分間の出来事だ。呑み込めない事態にうろちょろ。

狐につままれた風になりながらもそのまま工場へ体を運んだ。不可解な出来事に惑《まど》うことなく仕事に向かう自身を道すがら褒《ほ》めてやった。

——これで何かが始まり何もかもが終わる訳じゃねえ、よかごとすりゃあいいが…

オラ、オラデヒトリイキテイグモ……――

ある日の事がふと浮かぶ、何かを振り切れずに、それでも前向きに生きようとする若者二人の横顔が。

それは相も変わらず、三日に一度は歓楽街中洲で途中下車してパチンコ三昧の頃。その日は釘の傾きも周囲の玉の出具合もたいがいに機種を選んでいた。どういう風の吹き回しか、は入るはは入る、玉は出っ放しで、瞬《またた》く間に〝終了〟の札を下げに来る店員。四千円程の臨時収入を得た。台を代わって打ち続けてもいいのだが、珍しく店を後にしていた。

電車通りを海側に跨《また》げば、様相は変わるが賑あう人波は決して引けをとらない街並。ただ衣装類や書籍等はこっちがメインと聞いていたので早速飛び込んで、現代用語の基礎知識なる分厚い本を買い求めた。

冬至前夜、七時前なのに既《すで》に浮かれまくっている夜の街。大通りへと戻りかけると歩道に二台の屋台が商売を始めている。一杯呑みながら晩メシでもと暖簾をくぐれば先客が二名、建築現場で働く若者のいでたちで歳の頃なら十五、六才か。

珍らしいな、くらいで横に腰掛け酒一杯を注文。ん？　その場にそぐわない気配に顔を向ければ
「このキンチャク、内《なか》に餅《もち》のは入っとう」

と小さな声。社会に出て初めて自腹での屋台なのか、その初《うい》々しさに惹かれ眼を離せずに居ると、

「……何年ぶりかな……」

と呟きながら涙ぐんでいる。何年も餅を食べない家庭など想像もつかないが心情には少しは近づける。

後輩を呑み食いに誘う時は奢《おご》りが相場。今夜は滅多にない泡銭《あぶく》入る懐具合、すわ『二人共もっと食べない、奢るけん』と喉元まで出かかる言葉、ふと立ち往生する気持ち。

——初対面、行きずり、先輩風、？……違う。

行きがかり、かかわり合い、差し出がましい、？……ちょっと違う。

あのとき何故、躊躇したのだろう——

彼らのまわりから漂うもの、そっと見守っていたい何かを感知していたのか。

春秋に富む彼らの産まれ持ち育つ感性、切角《せっかく》の気概それら大切なものを削《そ》いでしまいそうな気がしていたのか。

数日後、彼女は想ったより早く、吹っ切れた面持ちで戻ってきた。人は元より特に男と女は同一のものを観ても違って見えているらしい、気を付けねば。

そんなこんなのある残暑厳しい宵《よい》の口、道路に面した窓下で私の名を呼ぶ声がする。聞き覚えのある声にまさかと覗《のぞ》けば、自転車を脇に飄然と立つ彼がいる。そう、ある意味彼の失恋が私達を結びつけた誘因の一つと言うか、きっかけとなったに違いないあの川畑君。やっと着いたあと見上げている破顔。

現役学生の夏休みも終盤とか、昼間の勤労を伴わない二部の学生は想えば四六時中やりたいほうだい。船便を併用しながら全国を自転車行脚していると言うではないか。同時に卒業した先輩、あの臼杵《うすき》の石仏ばかり描いていた二浦さんが何を思って始めたのか放浪の途中で居住することになった北海道のとある牧場を訪ねた折に私の居所を知り立ち寄ったとのこと。一見暇と若さを持て余す彼に『何を酔狂な、一体何を探している？　探しものは何ですか、見付けにくいものですか？』と茶々を入れて抜け駆けを誤魔化したいが、疲労と遠慮が透け見えたので、ケッコウけだらけあんたも俺も汗まみれと痛がるケツを叩いて銭湯へ。実は私達が二人暮らしていることへの確信は無かった由。

「まるで神田川の世界ですね」

「あの頃二人のアパートは♪…という奴ね、かぐや姫だっけ、そう見えるかもね」

『そう甘いもんじゃないよ、ままごとに観えても俺にしたら生涯が掛かっている。キャベツばっかかじってる訳にいかないよ、紋白の幼虫じゃあるまいし。根っこが違うよ、只彼女は未だ尻がちゃんと座ってないけどね』

と言いたい所だが、口に出せば言訳愚痴になる。

「ところで二浦先輩元気しとったな」

「牧場ってやるべき仕事が山程あるんですね、きついけど楽しいって言ってましたよ。もう下の名前でそれも呼び捨てで呼ばれていて、大切な一員って感じでしたね」

それにしても家業の時計屋を継《つ》いでいるとばかり想っていた先輩が乳絞《ちちしぼ》りって…想像が…。

あくる日彼は関ヶ原に立ってみたいと大垣目掛けて旅立った。兵《つわもの》の夢跡でも馳《は》せてみたいのか。

天下分け目の戦場か、エーイこちとら一生別れ目の線上だい。彼には流行病《はやりやまい》の傍い同棲ごっことは訳が違うことを察してもらえたろうか。

「川畑さん、あの時の事まだ引き摺ってるの?」

「さあ、どうだろう。真面目だからねえ、こんな俺にも丁寧《ていねい》語だし…早く違う相手でも見付けりゃいいのに…」

「あなたとは違うのよ」

「なん?　何が違うと」

「だってあなたは…いえ何でもない」

「何だよ言い掛けて…ところでさ、神田川って歌の最後に、あなたの優しさが恐かったってあろうが、あれどんな意味?　お前も俺の優しさが恐いと?」

「アハハ…恐い…ウフフ、だってあなたが優しいのは私を求める時だけだもの」

思い当たる節《ふし》がある。

「何、ちょっと待って、傷付いた、かなりの深手だ、今度はもう立ち直れんかも知れん。今自分が世界で一番愚かで最低な人間に思えてならん」

「ハイハイ」

「はいはいっておまえ、何か少し変わったね、何か捌《さば》けてきた」

「この前、御飯茶碗がお乳に見えたことがあったって言ってたよね」

「…ああ」

「その時、乳首はどこにあったの？」

『…せ、せからしかあ、本能時の変を持ち出しといて、その上…』

絶妙なタイミングでの彼の来訪と三人共通な知人の話題は人の持つ里心や帰原性を宥《なだ》める効力でもあるのか、無理のない関係修復にも役立ったようで自然な日常へと落着していくのを感じていた。

「あなたから、もう別れようと言われた時、何かハッと現実に引き戻された気がしたの」

「あれは君が言い出したことで俺は何も…」

「だから…あの時のあなたの無言が私には、これ以上はワガママダゾッと聞こえたの。大切なものが離れていくぞって…」

「川畑君が来るとよくこういった話になるよね。自分ではお邪魔虫なんて言ってるけど、あんな虫なら大歓迎だ。まさに時の氏神って奴だよな」

「ほんとね、早くいい人見付かるといいね」

一度や二度の失恋が何だ、恋の兵《つわもの》を目指せよ。私を姓で呼んでいた彼女、違和感でも覚え始めたのかこれから何と呼んでほしいかなどとつまらん事を訊いてくる。妻となる人との歩調もこの頃漸く合い始めたのかなあ。

関ヶ原を目指す友、今だ桶狭間に立つ二人。


彼女は落ち着いてくると、女性特有の巣作り本能がやおら蠢《うごめ》き出す。この町では商品に成らない陶磁器があちこちの手内職の軒先の木箱に入れられ回収を待っている。その合間に持ち帰っても咎《とが》める人は誰もいない。通りすがりの彼女は普段使いには持って来いのそれらを貰い、拾い集めてくる。掘り出し物に出会うと至福の表情で眺めすかしている。私も同僚から、持って帰りゃあて使やあいいがに、と頂くこともある。瞬《また》く間に台所は収穫品で華やぎ賑わう。

とある日帰宅するといきなり黒ずくめに近い服装に着替えさせられる。何事かと問えば今から小学生の使った木製の椅子を貰いに行くという。そしてそれは半分雨晒《ざら》し陽晒し状態で校舎の裏に山積みに放置されているらしい。

昼間それを見掛けた彼女が学校で伺うと、

「あれは備品だから、差し上げるとか持って行って良いとは言えません」

と断られた経緯《いきさつ》があり、その返事のニュアンスから黙って持ち帰る分には構いませんよと理解した彼女は、夜陰に乗じて失敬して来る心算《つもり》らしく、そんな物など欲しくも無いが無下に辞退し切れないお供が私という事。

裏門にでも続く近道なのか、通学路ではあるらしいが人一人が通れる幅の薄墨の急な坂道を五分余り登ると目的の物は直ぐに分かった、が、みるみる間に暗くなって行く。素早く手に取ると踵《きびす》を返す。あとは

「待って、待って」

と言う声との距離を背中で測りながら駆け降りる。街灯の明り届く道の隅っこで立ち止まり弾む息で振り返る。肩で息する彼女は何と両手に椅子をぶら下げている。彼女は私の片手にしかない戦利品を見続けている。信じられないという両方の目と目が合う。弾む息と驚きで言葉が出ない。言葉に成らない。

『何で、おまえは両手に下げてるんだ』

『どうして、身体の小さくか弱い私が二個であなたは一個なの』

『こんな物三つも四つも持って帰ってどうするんだ』

『懐かしい、勿体《もったい》ない、欲しい、ってなったの』

――オーマイ・ガー、新しい三段論法か、気を付けねばやがて物で溢れかえる――

二人の眼差《まな》しがはっきりと会話している。可笑《おか》しくて可笑しくて、それは悪戯《わるさ》事を無事に終えた解放感と達成感と相俟《あいま》って、腹の皮が捩《ねじ》れる程可笑しくて、転げ回る程可笑しくて、こんなに笑ったのはいつ以来だ、ここ何年も無かったなと考えたりしている。

私は男を下げたことを取り繕うように片方の椅子を受け取りながら、それにしても一体全体昼間

どこをほっつき歩いているんだと心配も芽生えていた。

秋風の起《た》つ中、配達不能の書状が投函されていた。即座にとても食にできない惨状の黒ずんだ梨が瞼《まぶた》に浮かんだ。

生家では一町歩程の梨畑がありそれは大切な現金収入の手立てで、それだけに精根込められた廿世紀《にじっせいき》や長十郎が長年栽培されて来た。戦後開墾《かいこん》され兄の産まれた年に植樹されたその果樹園は今日でこそ豊潤な果実をたわわに実らせていたが、台風の襲来と重なる収穫期や鳥獣の食害など避け難い災いとの隣合せの栽培は今でも続いている。その梨を送って来たに違いない。ほうり投げ常態の貨車を利用する郵便小包では繊細な果物は送らない方がいいと以前何度か言った覚えもあるが他に手段も無い親心だろうと窓口に立てば案の定奥の方に木の床を濡らす見慣れた10kg詰めの箱が目に留まる。手続きを済まし、果汁したたる今にも底の抜け落ちそうな重量感を手に局舎の前の往来を突っ切るや川を汚す罪悪感も一緒に白濁の流れに

「ごめん」

と呟《つぶや》きながら箱ごと投げ捨てた。腕に残る重さの分だけ親の思いを粗末にした呵責が走り泡の立つ水面を眇める内、見覚えのある宛先宛名の父の手蹟《しゅせき》を瞭《しか》と見るべきだったと惜《お》しむ気持ちも湧いてきて

「ありがとう」

だけ添えた。事が片付くと親の丹精《たんせい》してきた背中がちらついて、しろしい、てがてえ等《など》と過《よ》ぎった我身の卑小さを情なく感じた。

――♪吹けば飛ぶよな将棋の駒に～だったか、何かの折に親父が唄った歌。初めて聞いたのがその王将、次が星影のワルツ、その二曲だけ、それも二、三回のみ。上手い下手以前に、いつの間に覚えたのだろうがその時の感想で、その不肖息子は今、眼前の一駒一齣の局面を生きている――

部屋で待っていた彼女に事の顛末《てんまつ》を伝えながら、おいしかったと早速約定の禁を破って虚言混じる礼状を書いた。

「親ってありがたいよね。一切れだけでも食べてみたかったね」

「あげなつ喰うたら垂《た》れかぶるぜい」

「汚い。まるとか、たれかぶるとか、おなごとか、ふうたらぬるいとか、それに…どまぐるんなにちょびっとくり、とか、あ、今、しゃあしいと言おうとしたでしょ」

私の顔色を窺《うかが》いながらここぞとばかりにまくし立ててくる。窘《たしな》められているのに込み上げてくるもので先程から頬は緩《ゆる》んでいた。刷り込みの方言という奴は相当野暮ったく聞こえるが、使い慣れない彼女が使うと愛嬌を含んで結構真意を伝えている。これは多分手前味噌だが

『ほんなこつあいらしかねぇ』

男には口に出せないこともある。

自転車であちこちと駆け回っていた彼女は、遊んでばかりもいられないと思ったのか、編み物の経験が少しあったようで、〝ヴィーナス〟という名の手芸店での仕事を決めてきた。少し異存はあったが何も言えないで本人に任せた。

気持ちと姿勢を尊重し、失う物など何も無い、百聞は一見に如《し》かず、甘いも辛《から》いも舐《なめ》てみんと解らん、と一応応援する恰好は見せたが彼女に生活至上で働かせることは避けたかった。私が私自身に申し開きが立たないというか、学業を中断させた負い目か、それとも残っていたのか男の一分という奴が。

年が明け思いが通じたのか、頃合いも良い数ヶ後、町外れにある県立の窯業専修職業訓練校の耳寄りな情報が舞い込む。興味を抱いた彼女を入校させるべく父兄のような心配と対策の甲斐あって悦びの運びとなった三月。峠道もある自転車通学路、その就学の準備に余念のない彼女の後姿。

早くも当地に住み着いて一年に成ろうとしている。

しどろもどろの春が行き、汗もしとどの夏に耐え、溺々《じょう》たる秋風の立つ中を二人ぼっち。笑うしかない凍《い》てついた洗濯物、そして今や新しき春の気配。四季を通したことでこの地の概要を掴《つか》めたのか、彼女の来月からの新たなスタートが嬉しいのか、自らの足で立っている実感がふつふつと湧いてくるのは巡る季節の所為《せい》ばかりではなさそうだ。

順風の続くそんなある日の夕刻、雑貨屋のオバさんが窓下から大きな声で
「電話よー、お兄さんから」

何があった、人の生死《しょうし》に係わる一大事か、今はまだ何があっても俺は帰られん。訃報でないことを願いつつ受話器を耳に当てると、意外にも落ち着いた声で
「明日そっちに行くけん、名古屋駅まで迎えに来い」

「えっ、何じゃそりゃ」

待ち合わせの時間を確認しながら、一年前の私のしでかしたことへの誹《そし》り、悪声もあったろうに、よくぞと感じ入っていた。

「明日、兄貴達が来るって」

「えーっ何それ」

「隣村の人と結婚して、今京都まで新婚旅行で来てるって。その帰りにちょっと立ち寄ってみるかって話になったらしい」

「…良かったねえ、お兄さんと会うの初めてだけど…ほんとに良かったね」

「魂消《たまが》ったあ、ばってんほんなこつ良かった」

口にこそ出さないが親類縁者の集まる式に出席出来ない私達への気遣いや配慮が汲み取れ、わざわざ足を運んで貰ったことなどと相俟《ま》って身に滲みた。付かず離れずの思い遣りはいつしか申し訳無さをも忘れてしまう程で、知らず知らずにそれぞれの門出を祝福し合っている。

「お姉さんいい人だったね」

「ああ…」

「あんなに気遣いの出来る人いないよ。お兄さんもいい人ね」

——あれは気遣いじゃ無くて、産まれ持った心根だよ——

「お姉さんが朝一番に言った言葉聞いた？」

「ああ…」

「ホテルや旅館では眠れなくて、ここが一番よく眠れたって言ってくれたのよ」

「ああ…」

——会ってみる迄はそれなりの気苦労心労があったのさ、そうでなきゃ直ぐ横をダンプが通る上に狭《せま》っ苦しい部屋で安眠なんて出来ないよ、静かな山里で育ち、今でも生活してる人がだよ——

「どうして、〝ああ〟しか言わないの」

——涙声になりそうなのを堪《こら》えています。鼻の奥が熱くて、世界が滲《にじ》んで見えてます。自分だって鼻水と目頭を拭《ぬぐ》おうとハンカチが行ったり来たりしてるじゃないか。君はそれでも絵になるけど男の俺はなあ——

名古屋駅で見送っての帰路、自然話題はこの一両日のことへ。自分のしてきた事がほんの少し許された気がしていた。

土産《みやげ》のういろうを重た気に持つ兄を見て、しもた、もっと軽い物にすればよかったと気付くうっかりは兄への無意識な依存度の現われか。
想えば物心付く前から進路の露払いや庇《かば》い立て、重い方の物を当り前のように持ち運んで貰ったのだろうに、今だに気に掛け見守ってくれている。感謝と反省と後悔を込めて
『あ・り・が・と…』と思い懸けなかった邂逅《かいこう》へ。

デッサン、塑像《そぞう》、工場見学と彼女は楽しそうに日々を送っている。似た年恰好の友達も出来、学校や時間の使い方にも慣れたそんなある日、私の帰宅をニッコニコ顔で迎えると
「父が出張の帰りに寄るそうよ」

「ゲッ、いつ？　何ごと」

「なーにゲッて、嬉しくないの、会いたくないの？」

「…会いたいくさ。嬉しいに決まっとろうもん、当たり前たい」

声の大きさと動揺が比例している。どういう風の吹き回し？　黙考すれど気持ちは複雑。私の中の父親はおよそ一年前、出来る相談ではない、と一振りした後《のち》、今晩泊まる処《とこ》はあるのかの峰打ちの人。今だにその情景と声音色を私の裡に残した男のまんまで一歩も近付いていない。その後何度か帰省した彼女の語り口で氷解雪解けの始まりは感じていたが、それは娘と父親の事で、私との距離隔《へだ》たりは飽《あ》くまでも娘をかどわかした若造の筈。橋頭堡《きょうとうほ》の主《あるじ》の来訪とまではいかないまでも、高校時代の抜き打ちのポケット検査よりは警戒心を抱いてしまう。つい何かを隠したくなる。

彼女が実家を出る際にその旨の決心を告げると〝安売りするな〟と一度ならず言われた。それでも進行しようとする事態をどうしても受け入れられず殻を閉じるしかなかった。その心中たるや。

それにしても彼女のここ二、三日のそわそわの形振《なりふ》りは、いじらしくて可笑しくて、その取り乱し様は室内を温《ぬく》とく喜びで満した。

今の私と二人の有りのままの生活振りを観て貰うことしかできないと、案外平常心に近い意気込みで仕事から戻ると、釈然とした笑顔で食卓兼用の炬燵の櫓《やぐら》に腰を降ろしてくつろいでいる。少し拍子抜けして挨拶を交わすと、後は娘の仕草ばかり観ている。なごやかな表情の彼女、相好をくずす父親。

訓練校を早退した帰路、野山に分け入り健気にもてなしにと手折ってきた自生のヤマツツジ、その花を観て
「きれいな花だな、この花色もそうだがこの種のツツジは九州には無いな。一株欲しいな」

などと趣味の造詣《ぞうけい》話織り込んで娘をねぎらう。彼女が母親の様子を問えば、お母さんはああだ、お祖母《ばあ》ちゃんはこうだと訊かれてないこと迄丁寧に応えている。

私は私の知らない家族風景を前にして、もぞもぞと人の育ちや出会い、その交誼の不思議を想っている。

私の捻《ひね》た一面が茶々を求める。

『俺は知ってるぞ、彼女が家を出る際、母親が内密に送った夫婦布団の件がバレたその日から、

気に喰わぬ義母の言動に触れる度に鼻クソ呼ばわりしている事を、そしてその悪態の矛先《ほこさき》は私に向けられている事を。』

その気配を感じたかのように話題を向けてくる。

「焼物の見方が解らないんだ。一万円と聞けば一万円に、十万の値札を見れば十万に見えてくる。まさか重さや大きさで値段は決めないだろう」

「アハハハ、今は陶芸ブームだから強ち《あながち》無い話しではないですよ」

慣れるには日の浅いまだ拙い《つたな》手料理を
「おいしいよ、おまえが作ったのか」

「ご免ね、お父さんの好きな赤魚なんだけど鱗《うろこ》取るの忘れちゃって。食べにくいよね」

「いや、手間は掛かるけど、さしたる事はない。よく煮付けているよ」

特別な時間という認識は持っていた。だが目の前の触れ合いにも目も気も奪われたのか、翳《かざ》していた筈の蟷螂《とうろう》の斧《おの》のことは完全に忘れていた。必要性の欠片《かけら》も無かった。

到頭《とうとう》、そのまま過去にも将来にも一切触れることなく〝それじゃ〟という一言だけを残して帰ってゆく。

瀬戸駅で父親を見送った彼女の足取りは軽い。だが耽《ふけ》る想いに時々歩く速度が落ちる。随喜の涙か。

「嬉しかった…ねえ」

呟《つぶや》きかと思った。嬉しいとは少し違うな。

「ああ、良かった、本当に良かった」

そう応じた。父娘が寄り添い睦《むつ》み合えて沁《し》みじみ良かった、と思いは一つに極まっていた。

――わだかまり、少しは解けたか目分量っと――

『それにしても難攻不落と想えた人が……あの時、全身にバリケードを張ったのはやはり、娘の事を思ってのことだった。ものを言えば責めてしまう。罵《ののし》るかも知れない。力ずくで身体や心に傷を負わせるやも知れぬ。愛しさと相反する事はしたくない、してはならない。自己の持つ規範や価値観や人間力、それらと戦いながら口や扉を閉ざすしかなかったのだ。あの鼻クソ野郎さえ現われなければ、と憤怒しながら…せめてこの俺は…』

「せめて俺は、目糞ぐらいには成りたい」

『まてよ、相手を謗《そし》らない分、鼻糞のままでよかったのか』

「？…何のこと？　何をブツブツ言ってるの」

「いや、あの、その、あんまり変わらんか」

解放感に包まれ手に手を取って歩いている。一山越えた感はあっても、ずっしりとした物を抱えた気分は続いていた。だからか
♫おなかのウンコは重いけど～♪

と今巷《ちまた》で大流行の〝泳げ鯛焼くん〟のフレーズを捩《もじ》ったふざけが口を突く。

「あははは、違うって、あんこでしょ」

屈託の無さに、さらに調子に乗って
「その違い、さしたる事はない。色と云い形と云いよく似ておる」

と岳父の口癖口調を真似てみれば
「ギャハハハ止めて止めて、どっちも目に浮かぶ、アハハハ、苦しいよお」

突然捲《めく》られた大切な一ページ。初めて眼にした彼女と父親の向き合いの文色《あいろ》は、私が係わることでどう変わっていくのだろうか。私の有様はどうあるべき…。

「今度折《お》りをみて、雲興寺に行ってみようか」

「…まださっきの続き?」

「違う違う。確かあそこは国定公園の一部で背山に自然遊歩道が整備されてる筈なんだ」

「わあ、いいね、お弁当持っていこ」


町の中心を貫《つらぬ》く瀬戸川、その両岸の通りを主会場に催される、せともの祭の雑沓に繰り出すが、その陶磁器の種類の多様さ豊富さに驚き数多《あまた》な製造元に興味半分冷やかし半分の成り行きまかせ。訓練校内で募集したこの祭の為のポスター、受賞を果した彼女のその作品は見逃がしたが、原画は戻ってくると言うので一周回って花瓶を一立て。花火を背に早目の帰宅。

賑《にぎわ》いの音を遠くに聞いていると、窓下の通りから名を呼ぶ声。何だ今時分? と下を覗《のぞ》けば見知

らぬ男が一人、何かがは入った買物袋を翳《かざ》している。横に来てそれを見た彼女

「あれ、野上君、どうしたの?」

部屋に招き入れると

「これ焼いて食べましょう」

出てきた物が鶏の玉ひも等の臓物で、彼と二人で舌鼓を打ったが彼女はその異様な食べ物に少し離れて悲鳴を上げ続けている。

彼は彼女が学ぶデザイン科の同窓で、通学途上にこのアパートが有り、どんな心の動きかは知らないが祭りの帰りに立ち寄ってみたらしい。

訊けば北海道は鰊《にしん》御殿の出身で数年前から家族で営む窯元に住み込み。その窯主の勧めもあって現住所に五年前移転した訓練校に入学した由、彼も又いい人に出会った口か。

無駄口の少ない朴訥とした人柄、その上大人のずるさと腹黒き深淵を覗き込む稜線に立たされた挙句、進退の決断を迫られ失踪したと聞けば何を取っても私と真逆なのになぜかどこか似た所のある匂いを嗅いだ気になり肌も空気も和んでゆく。互いの足取りの紆余曲折と眼裏《まなうら》は軽く触っておしまい。この地の風土、粗衣、粗食、人柄、方言と話題にはこと欠かない、何せ北海道は御殿という出身地のみならず氏も育ちも対照的ときている。

少し酔って足元の怪しくなった彼を伴い、明かりや人家など既に途切れ、舗装された路面と路肩の境界しか判別できない程の暗き道を赤津の方面へゆるゆると登る。

豆電球で仄《ほの》明るい屋内にはいると重油窯だろうか、通りすがりに窯業高校の片隅でみかけた窯とよく似た単室の丸窯がでーんと侍《はべ》り、その脇を抜けると突き当りに小さな部屋。その昔窯焚《た》きを生業《なりわい》とした渡りの職人か漂泊の職工の寝泊る部屋を想像させる。

暗く閉ざされた空間に彼を横たえると

「またな…」

と言ったきり別れたのだが、ふと湧いた再三会う事も無いだろうという反する思いに驚くことはなかった。それは今はこの地で生きるしかないという共通項で括《くく》られる間柄《あいだがら》でも、帰れない者と帰らない人と間に横臥する各々の諸事情、互いに踏み込めない隔《へだた》りがあることに勘付いていたからで、そのどこか諦観した思いに従順でいたかった。

本意に沿わない縁談や若き正義感故に相容れない郷里を出奔《しゅっぽん》した彼に、ましてや生きずりの人に心暗い過去を持つ手合いが、不用意に掛ける言葉など有りはしない。酔いも醒《さ》めたのか繆談の場では素通りしていた、骨を埋《うず》める覚悟というフレーズが今し方から脳内を駆け回っている。

「俺は今日明日を生きているだけの人間ばい。…今はそれでん良かち思うとる」

闇空を見上げながら路傍の友と自らにそう呟くと、下り勾配へ半《なか》ば身を預けた。

車一台通らない暗黒の坂道。祭りも賑いもいつしか終演に。

――ゴメの鳴き声とかツッポとか知らないし、ましてや財の領分は未知の域……。何、俺の来年はって？　一寸先は闇だって――

「♪あーあ誰にも古里がある、ふるさとがあ〜る…♪か。」

そして翌年、彼女の卒業を待って結婚式を挙げた。それは忘れ雪舞い散る三月末、うすら寒い日の原鶴温泉咸生閣で執《と》り行なわれた。

潤沢な水量の筑後川とその両岸の沃野《よくや》、一望では収まりきれない耳納《みのう》連山の醸《かも》し出す色相《いろあい》からの早春の譜に耳目を傾けながら、やっとここまで辿り着いたという実感。

前々日まで瀬戸に居た私は、高校時代の恩師に仲人を級友の志波に式場の手配から段取り迄、挙式における一切合切を頼んだ。当人の私達は、その規模たるや細やかな宴ではあるが、これまでとこれからの生き様《よう》に大きな意義を持つ祝言《しゅうげん》に、只帰省して座るだけで済む程に完璧な手筈手順で幕を上げそして降すことができた。

その特別な時間に、それぞれが各々の気持ちで臨み、祝い、愛《め》で、励まされ、そして腑に落とすということの上ない挙式ができたことを心底から感謝し、安堵した。

翌日、妻となった彼女をその実家へ残すといつもの夜汽車で名古屋へ向け一人発った。

『あれからようやく二年か、又、多くの人の世話になったな…それにしても志波の謡曲高砂やーにはオッ魂消《たまげ》たなあ、いつの間に覚えたのだろう、まだ二十四だよ俺達…』

二年間同じクラスで机を並べてはいたが特段の親交は無く、いつも誰かを介しての交友だった二人。就職で互いに福岡へ出て何度か落ち合ったが彼は研修期間終了後は東京へ配属になった。その上京の際に板付空港でよど号ハイジャック事件のとばっちりを受けたと届いた便り。数ヶ月経った十一月には三島由紀夫の自衛隊駐屯地での割腹自決の行《くだり》を書き綴ってきた手紙。その返事を書く内に徐々に近付いていった同輩意識。

その翌々年には、今度は何の連絡も無しに仕事に見切りを付け、鵜匠を継ぐと郷里へ戻る際、突然立ち寄った長屋での一夜。

一見無骨だがどうしてどうして気が利《き》いて、即断速決の明晰さ、深い諦念で即行切り替え、そして何より私に無い磊落さ、血生臭い事件の多い時節、いつしか身勝手にも頼れる友人としての存在感で占められていったのだろう。

――何でん彼《かん》でん早合点する軽はずみな私を放って置けなかった彼の性分が交友の発端だったのかもな――

ま、それはそうと、挙式の費用にと当て込んでいた御祝儀が何かの手違いでその額に遠く届かないというハプニング、あれには焦った。一瞬風呂掃除食器洗いの労働で、と支払いの工面《くめん》が過《よぎ》った。親の助け船で事無きを得たが、胸算用と皮算用が同義語ということを今更ながら思い知った顛末。

まだどこかに浮かれ気分を残した花婿は車両のリズムに身を任せ、車窓遠くに点在する明かりに、提灯《ちょうちん》のあった昔日を重ねていた。交情の後の冷め遣らぬ余韻なのか、小学校でのどさ回りの芝居を観ての三々五々の家路。その足下を照らす提灯に印《しる》された家紋の図柄が瞼《まぶた》に浮かんで消える。あの場にも働き詰めの祖母の姿は無かった。想いは当時の家族構成、隣近所の人達の言動所作へと浮遊し、あの頃は村社会や人の行く道のことなどなーんも知らなかったな、で一旦停止。

恐らく私のしわざのせいで、軛《くびき》を感じ人目を憚《はばか》りながらひっそりと正装し家を出たに違いないのに、自然に振舞う家族の姿に、思いを回《めぐ》らすことをすっかり忘れていたとは、やっぱ底浅な息子だよな。

今のこの心の内で手を合わせるという心情へ導いたものは何だったのか。あれかこれかと辿《たど》ってみれば、取り分け彼女とその祖母の何気なく触れ合う姿が、私の中で世間に対して勝手に作り出していた垣根を知らず知らずの内に雲散霧消させたと想える節が見え隠れ。

私達は恩師への挨拶と打ち合わせを兼ねて前夜から式場でもある旅館に行くことにしていた。それに同行することとなった祖母との三人での路線バスでの小旅行は全くの自然な成り行きだった。

立場も立前も超えた二人の睦《むつ》び合う姿は親の場合とは又違った風を送ってくる。眼差《まな》しが違う。手や言葉の添え方が違う。笑う顔も茶を飲む姿までシンクロする。まーだどこか胸の隅っこでどこの馬の骨とも知れん、その思いがあるのではと捻《ひね》ていたことも忘れて気が付けば引き込まれて仲間入り。思い返せば、あの路線バスで一緒に揺られた時からすでにこの心情の序奏《イントロ》は始まっていて近しい人との伴奏と続いたのだ。

一年と少し前、岡山までだった新幹線は博多駅までにその運転距離を伸ばしていた。単なる移動手段としてならそっちを選ぶだろうが余韻たらたらの上、寂しい懐《ふところ》、重ねて貧乏性とくれば選択の余地は無い。迷うことがもったいない。またぞろ役目は終わったから廃線に、とならないか、能率と合理性を性急に求める人の先にあるものは、と考えてしまう。…付いて行けなそう。

うつらうつらと凭《もた》れ掛かり、来し方行く末の時系列などお構いなしの想いに寄り添う心身にどこまでも寛容な夜行列車で日常へと戻って行った。


弛緩《しかん》した身体に手放せないでいる心情を詰めて日常へ戻った、筈だった。

妻となった彼女は四月からクラフト作家の鈴木氏の工房で働くことが決まっており、それ迄の数日間実家で話の花を咲かせる由。その間も婿殿は水を切らしては咲く花も咲くまいて、と翌日から出勤すると、専務のユーさんとミッちゃんが真顔で駆け寄ってくる。

「大変な事になった。浜ちゃんがおかしくなって当分休むことになった」

「なん？　おかしゅうなったって？」

「京都駅から電話があって、いきなり、お宅の社員を保護しているから迎えに来て貰いたいと言いやるもんで、どえりゃあ驚いて行って話を聞くと、当時かなり酒に酔っていてね、車内で素っ裸になって騒いだらしいんよ。…ポロポロ泣きながら、在所へ帰りたいと言うので九州まで送り届けてきたんよ」

何でやろか、と思考はすでに歩き出していて
「それっていつですか」

「日曜日。さきおととい の」

私の挙式の日だ、目にしていた物がサーッと引いて行く感覚。こともあろうに…

「おまはんに何か心当りはにゃあか？」

と言われても、一旦遠のいた現実感が戻ることを嫌がっているのだ。

「先々週の日曜に見合いをしたって、嬉しそうに話してましたが…」

「ああ、あの縁談は壊《こわ》れた、うまく行かなんだ。やはりその事が原因かの…」

「えー、まだ二週間しか経《た》ってないのに…」

と言いかけた時、はたと思い当った。まさか俺のことが関係しているのか。困ったことになった。

まさかそんなことが。間違いないだろう。悪いことをしたな。

まごついてもごもごと口の辺《あた》りでも動いたのだろう。

「おまはん達、仲が良かったから…」

今思い当ったばかりの、事の次第を話すべきか否か迷いながら立ち竦《すく》んだ恰好。

挙式の件は会社には通していなかった。誰にも話す気は無かった。今更、という気持ちと、知れば知ったで何らかの気遣いをさせてしまう気兼ねがあった。だが縁談を話す浜ちゃんの嬉し気に釣られてしまい、洩《も》れ出るように伝えていたのだ。

身体は確かに、故郷の九州へ帰ろうとしていた。心も、忘れ難きふるさとへ向かっていた筈だ。

彼は何を考え、何を感じ、何を想っていたのか。

今でこそ同じ職場で、感覚と時間を共有している同僚だが、この地で出会うまでの彼とに介在するものは何一つ無い。むしろ、これから展開していくだろう関係を、期待し心待ちにしていた。

彼の領分や今の苦しみの淵に近付く限界を感じながら、人の持つ脆《もろ》さ弱さ、心身の不釣合《アンバランス》、折合《おりあい》、劣等感、自暴自棄、一人取り残されるような焦燥感。常軌を逸する手前迄なら私も行ったことがある気もしてくる、と思考はネガティブな方向ばかりへ。挙句の三八《さんぱち》が、私にさえ出会わなければこうはならなかった、という思いだけに絞られ捕われ、胸を塞いでくる。

そんな一人寝の夜から、灰の中の埋《うず》み火がチョロチョロと赤く熱い舌《べろ》を覗かせ始める。

しばらく遠ざかっていた厭な感覚。両肩の付け根を襲う脱力感、続けて両足。不安が視野狭窄を伴ってぶり返してくる。丸まりたいが急ぎ刺激を求めて室外へ出る。呪縛を解きに丘の上の小学校を裸足で目指した。行き場は無い、だが置き場なら。

みんなとっくに帰ってしまった校庭に立ち、俺も下校しようと声に出して言ってみる。何て弱々しい声だ。校舎の一室に灯ったままの明かりは職員室か宿直室か、すぐ消えたが窓辺に逆光に立つ人影一つ。

――私は不審者じゃありません。只のいたいけな通りすがりです――

眉間《みけん》以外は萎《な》えた感覚が残っているが、とりあえず顔を上げてうろついてみろ、どうせ暗くて足下は見えない、が安全だ、何せここは運動場だ。

あれから何年だっけ……場所から来るのか少年時代に遡《さかのぼ》る想い、気弱な時はつまらないことばかり浮かぶ。身の縮む羞恥《しゅうち》、遣《や》り直したい日、塗り潰《つぶ》したい日、どれだけ時間が経ってもいい思い出になんぞに変わらぬ記憶の残滓《かす》…。

誰にだって一つや二つ、口に出せない事がある筈だ。それを抱えて生きているんだ……只振っていた腕に漕《こ》ぐ力が戻るのを感じる。只運んでいた両足が地面を捉《とら》えるのを感じる。今の俺に出来ることはたったこれだけだ、これだけしか出来ない人間だ。気持ちん良か位これだけだ……これだけは出来る、もう大丈夫だ、俺にも出来ることがあるんだ……ああ、四肢に力が籠《こも》る、力が蘇《よみがえ》ってくる。

分離させた筈の意志と肉体が呼び掛け合っている。貼り合わせ、塗り重ねないと重厚な肌合いの絵画も丈夫な漆器も出来ないんだ。結局自分を許容するしかないのだ、振り返ってばかりもいられない、どんなに不様《ぶさま》でも認容するしかないのだ。こうやって懐柔を繰り返しながら、自分のしてきた事を抱え切れなきゃ背負い続けていけばいいんだ。いつしか深夜。

普通にこの町と人に混ざり合い、当然のように粘土に向かい、素直に物作りに親しむ、それが自然に可能な、日日草《にちにちそう》の自生地と誰かが呼ぶようなこの土地で、前だけを向いて生きて行こうと内心決めていたのに〝この私と出会ったばっかりに〟という思いに捕《とら》われたその時、自身も意識の届かない片隅のその又隅の方で、違う何かが芽生えたのかも知れない。

幸いにも何も知らない妻は、晴れ晴れとした顔で空閨《くうけい》の間へ戻ってきた。身辺にまとわる和やかな空気を吸い込みながら、彼女の話す家族の風景を想っていると何事も無かったかのように時が戻り、過ぎてゆく。

悟られたくなかった。私の呵責の残り火で新たな門出にケチを付けたくなかった。それは胸裡に秘めた願いだった。だが水面下の心の動きを睡眠下では制御《コントロール》できない。余燼《よじん》がくすぶり、燠《おき》が寝た身を炙ったのだ。

うなされていたらしい。私の漏らす奇妙な声に妻が揺り起こす。

「先っきから変な声出してたよ、大丈夫？」

「…ああ、そうらしいな…」

目尻に光るものを見た彼女は、重ねて

見咎《みとが》められた気分とこの場をどう凌《しの》ぐかの方便とこびりつく睡魔と戦いながら、結局

「どうしたの？　大丈夫？」

「どうしたんだろうね」

嫌な夢をみていた。濡れた眦《まなじり》と枕が自分でも信じられなくて、行き場を失う思考。

何を勘違いしたのか、いきなり私の左頬を遠慮がちにピシャリとはたいて

「しっかりして…」

「何ば、すっとか…」

「結婚を後悔してるの？」

「バカタレ…」

寝惚けが遠のき、眼前には真顔の妻となった人。困ったな、洗い浚《ざら》い話せないし

「変な夢を見ていた…」

「どんな？」

「大したこっちゃない。借金取りに追われていた」

「エッ借金があるの？」

「ああ、人様にいくらでも借りがある…ビンタされて眼が醒めてしもうた。酒でも呑むか」

「ご免ね。だって…」

婚儀が済むと急に強く逞《たくま》しくなった気がする。子供でも出来たら、と先が想いやられ、湯呑に残った酒を呷《あお》った。

「…実は、浜ちゃんの気が振れたって」

「エッ何、それって何？」

「…ゴッホが気が振れて、自分の片方の耳を殺ぎ落とした自画像、観た事あるよね」

「ええ、でも何で浜本さんが？」

「縁談があって、二週間前に見合いをしていた。俺達が挙式で福岡に居る頃、断わりの返答が届いたらしい。心の動きは想像するしかないが、早い話、周囲《まわり》の人がより仕合せに、自分がより不幸に見えた。前途を八方塞がりに感じてしまった…」

「それは、あなたがゴーギャンって事、立場が…」

「何かを特定した譬話《たとえ》ではなくて、人の脆《もろ》さを言いたいだけで、ゴッホとゴーギャンだって、親密だったればこそだろう。会って二ヶ月で破綻したが事件後も交流はあったらしいからね。一時の気の迷いって言った方が…」

工場の二階で約三ヶ月、寝食を共にした相方が、しかも後輩が、連れ合いと住み始めた事で生じる焦燥、孤立感。それだけじゃない。何の悪戯《いたずら》か、片や婚礼で自分は破談。誰だって自分を否定された気になるよな。思いの丈《たけ》を吐露する相手も無くて、我慢に我慢を重ねていたものが一気に溢《あふ》れ出したに違いない。

こんなになるまで、唯の一度も浜本さんの立場に気持ちを寄せた事がなかた。年齢も職歴技能もこの地での暮らしにも一日《いちじつ》の長ならぬ三年の長位は感じて、甘えてばかりいた。

集団就職の件だって、長男ゆえの葛藤や覚悟までは理解できないし、信教に口を挟んだのも、いらん世話やった。

「勘《かん》の良い浜ちゃんに、カメラを勧めた事がある。そしたらいきなり給料の三か月分位を注《つ》ぎ込んで、一度に機材全部買い揃えて、大丈夫かなって心配したよ」

本当に余計な事だったのか。可視の世界、形而下《けいじか》においてこそ、彼ならではの感性を写し撮《と》り、表現できると思ったのに。

休日にはいそいそとカメラ下げて出掛けていた。月に一度の撮影会を心待ちにしていたし、仲間内で批評し合ったりすると、楽しそうに話していた。

「それから俺がこっちに移ったので、撮った写真はまだ一遍《ぺん》も観とらん。無責任な話しだよな」

「…人って難しいね、人って…」

「ああ、単純じゃない。いつかは金の卵もふ化するのに、その好機を見逃《のが》したり、聞き逃したりする。ある意味、容赦《ようしゃ》ないのが人の常。

最後に見たのが、すっかり堂の入った仕事振りの手を休めて、俺もこの前見合いをした、と嬉しそうに話す顔なので、狐につままれたと云うか、どこか遠い話に思えてね。

人の持つ脆弱さと罪悪感で俺も少し悩んだ。それで妙な夢をみたんだろう」

金輪際、と自らに宣言してきた掟を、嘘も方便と又破っている。少し心苦しいからか、知らぬが仏だと。

「熊谷守一が何で子供の様な絵を描き始めたか知っとうや?」

「もういい、眠い。今度にして。」

女という生き物が羨ましく思えた夜。

その後も何度か似たような現象に引き込まれそうになるが、熾は自らの灰で覆われてゆくのか、時間とともに暈《ぼ》けてゆく。

ひと月が経つ。出勤すると
「きのう、浜ちゃんのお母さんと弟さんが、挨拶に来やした。かえって気の毒した。本人がその気に成るまで、今しばらく休ませるそうだ」

何か伝えたかった。気持ちは涌くが言葉が見付からない。憔悴した母親の後姿と、それを支える健気《けなげ》な弟の姿が浮かんだ。

「落ち着いたら、又働かせて貰えますよね」

言うまでもなかった。当然だ、何をおまはんは、という訝《いぶか》る表情で
「…もちろん」

と言葉少なに応えてくれた。すごい人だ。


仕事にも馴れ、成形機は順調に茶碗を産み続けている。一個一個に人の手は必要とするが、それは単調な作業で、気が付けば身体が勝手に反応し適応している。主導権は機械側が持つ感覚だ。となれば、誰しも我慢《がまだ》出すことに倦《う》んでくる。

素焼や絵付等の作業持場の進捗状況を伺いながら、少しある後めたさを懐柔すると、前日描いた職場放棄のシナリオを実行に移す日も出てきた。出勤途上で、身心の平衡を保つ振舞と自らに言い訳して、持場を放擲《ほうてき》する日もある。これで今月の皆勤手当の三千円はオジャンになったな、などとせこい懐勘定をしながら。

武運長久が町名の由来なのか、定かではないが、その長久手町までバスで行けば、徒歩圏内に青少年センターがある。粘土を一塊《かたまり》買うと、菊練りからロクロ成形と教えてくれる。平日の利用者は少なく、事実上、時間無制限の借切り状態なのだ。

日常に煮詰まると、息抜きに土を弄《いじ》りに来る。民陶の里出身なのだが、門前の小僧とはいかず、むしろその才の片鱗も感じず、ペタペタペタと蹴《け》って回すロクロを前に座し、泥にまみれる一昔前の陶工を思い出すのが関の山。それでも時の経つのも忘れ、気が付けば二時三時。

外気に立てばここも濃尾平野の端初の一つ、目指すバス停は見渡す限りの平地の先か。茨灌木蔦《いばらかんぼくつた》かずら、その分け入って進める程度の茂み。

その藪原《やぶはら》を前にためらい一瞬、えーいままよと目的の方向へ歩み込んで左見右見《とみこうみ》。下草雑草を踏み分けて、四、五百ｍも進んだろうか、葉擦れ音と木漏れ日の中に咲く、馥郁《ふくいく》の名も知らぬ野花。その脇で遅い昼食を開げる。野辺の花は咲くのが仕事。種の継承、遺伝子の存続の必要性から産まれたのか、色彩、形、甘味や芳香。誰に習った訳でもないのに、花片《はなびら》の色艶や葉脈の妙、加えて鳥卵の形状の完成度は完璧というしかない。機能性を伝えるたたずまいに既に美は息衝《づ》いている。

人はただ生活を営むだけで、何かを醸《かも》し出し得るのだろうか。それにしても自然の匠のすることは…。

羽柴秀吉の生涯で、唯一の負け戦さと聞く地、織田、徳川陣営と対峙した古戦場に立っている。母校の裏山にあった彼の軍師、官兵衛の築城による残存する古址《こし》の史実。

鼓打つ花園の滝音を背に聞く、福岡藩御用窯の高取焼は私の生家の近接集落にある。その遠く隔《へだ》たった距離と時間、その星霜の織りなす糸脈が、教養知見の無い屁言《へげ》たれ凡人にはどうしても繋《つな》がらない。

この頃、脳味噌を使うより、身体髪膚の触感直感で物から物事まで判断する傾向にある。生来、そうだったような気もしてくる。まさか口も八丁、手も八丁になってないよな。なってたら八丁味噌のせいだから。自分の事ながら自分でも解《げ》せない。徒惚《とぼ》けゆく吾。

発見はするが発明はできない。空想、想像は得意だが発想、創造は貧弱手薄。陶芸の道を往くには、遅きに失したか。門前の子僧…、見よう見まね…、鵜の真似をする鳥…、ああ、行き交うのは言葉ばかりか。

――モノの始まりが微粒子ならば…人の始まりは何？　いつ？――

緑陰のまだらを先に行く斑猫《はんみょう》よ、お前はいつどこで、その艶《あで》やかな装いと人との絶妙な距離勘を身に着けたんだ。

見事な罠を張る蜘蛛《くも》よ、身体のどこでその類《たぐい》なき糸を産み出すのだ。

――才ある人は、その片鱗を二十代で覗かせるとか。残りの人は二十代までにその生涯を決定し、後は日々これ口実。ナニ？　穿《うが》ち過ぎってか――

そんなこんなの日が三ヶ月も続いたろうか、突然、六歳違いの弟から便りが届く。来春、高校出たら村役場か農協に勤めるつもりだなどと、他愛のない事ばかりが書かれている。

自分のことだけにかまけていて、彼の将来の事など、全くもって露程も頭になかった。その申し訳なさより、威勢の無さから来る落胆の方が勝っているのは兄弟たる所以《ゆえん》か。

私が生家を離れた時はまだ小学六年か。その後の成長の足取りは殆《ほとん》ど知らない。逆に言えば、いわゆる普通のどこにでもいる少年か。

読み返したり、想起《そうき》を繰り返す内に、どこからともなく沸《わ》いてくる、何かが物足りない、何かを惜しむ気持ち。

私の母校でもある高校の普通科のレベル、実家の経済状態、本人の成績、どこをどう視《み》ても立ち塞がる無理の連峰。考える余地も抜け道も皆無。だが気の迷いか血の迷いか、私のペンは、国立一期校の九大医学部を受験せろ、試練と限界はくぐれ、そうやって自分の視野の狭《せま》さと挫折を味わった上で、役場なり何なりの仕事に就け、と走り出す。

やれなかった事より、やらなかった事を悔いる日が来るぞ、と続けて尻を叩く言葉、ああ、又いらん事を。他人のだらけはすぐ見抜く。

浜ちゃんの件以来、今後一切、人に軽々しく口出しや御節介はすまいと決めていた。しかもだ、人に指針を示せるだけの身の長《たけ》か、身の程か。多分弟という事で生じた隙《すき》、俤《おもかげ》という事で油断したのに違いない。

岐路たる峠を一つ越え、束の間の順風を受けると、ついうっかり喉元《のどもと》の熱さも忘れて率先垂範《そっせんすいはん》、短絡の兄貴風を吹かせたがるのだ、こんな出ベソが、ほんなこつ仕様《しよ》ん無か。

追伸、正答の無い宿題を課され続ける大人に比べたら、解答出来るよう設問された、それも五割も正解すれば合格する受験なんて、屁のカッパだろう。

と続けて標榜してしまう唐変木。

――兄《あん》ちゃん、頭おかしかばい、又とすけむない事ば言い出して、と自らの進路を別の角度視点から再考して、気概を持って生きてくれれば、と書き送ったまでの私の本意――まわりに居るだろう。もっとまともな助言をくれる人、適格な進路方角を指示する大人が、と高を括《くく》っていた。


妻の腹が目立ってきた。新ためて家族が増えることが現実味を帯びてくる。自転車の乗り降りが大儀そうに見える。経験の無い私の心配声をよそに
「用心してるのよ」

と至って平気に通勤している。思えばいつしか妻もこの土地の空気にくるまれ、この頃はとある施設の陶壁造りに駆り出され一喜一憂している。

「こんな私でも役に立っているのかなあ」

「何にせよ仕事は自分が勉強させて貰ってると思った方がいいよ。…ところで今度の休みに小原村へ行ってみようか、お腹《なか》大丈夫かな」

「行ってみたい。大丈夫よ。あなたが愛知に来て最初に行った所よね、一縷《いちる》の希《のぞ》みに縋《すが》ったって言っていた」

迷っていた。産まれてくる子供をこの地で育てるか、妻子にしても妻の家族にとっても妻の実家に近い方がいいのではないか、と。それは言うに及ばず詰まる所、自身に還《かえ》ってくる。出産は一月下旬福岡にてと決まっている。ともすれば福岡に移住となるやも知れぬ。と逆算すれば機会は今を置いて他にない。

昨今にはまれな小春日和の穏やかな朝、握り飯に妻が義父から譲り受けたカメラを肩にかけていざ出発。久々の遊行に二人して浮かれている。どちらともなく

「いい天気で良かったね」

あの日も好天に恵まれた。あれで雨天だったら今のこの日々は又別物になっていたかも知れない。突然の雨に降られただけでも人の進路は変わることがあるのかも知れない。

藤岡、木瀬、上仁木とまだ記憶に新しい地名。一宿二飯を頂いた三嶋旅館、その手前で叺《かます》の上に整然と並べられた四、五十本はあろうかという大小の松茸に見入れば地の人と会話も始まる。春日井和紙工房から白鳥神社の石段を昇れば災害の痕跡はすっかり整備され橋も道路も復旧しているのが見える。

農作業に精を出す初老の夫妻に和紙工芸見学の道を尋ね、今からだったらと先ず加納邸へ。秋の日展への出品が近く製作に追われている。工房入口の両脇のトロロアオイと谷川より引き込まれた水路の豊富な清流に感嘆しながら安藤邸へと向う。庭から座敷へとお邪魔すればいきなり藤井達吉の写真。戦中疎開された当時のもので実姉も横に写っている。五、六年の滞在であったがその教え

は厳しくその手ほどきで小原和紙はまさに生まれ変わったと話す真意を、夫妻の情感を込めて伝えるものを未熟な私達はおそらく半分も汲《く》み取れていないのではと感じていた。

紙を漉《す》き色紙や屏風に仕立て繊維でもって絵を描く。柿渋や漆《うるし》を和紙に塗《ぬ》っては貼り付け塗り重ねる。それを何度も繰り返して抹茶々碗や香合にお盆菓子盆、果ては財布からハンドバッグまで創っている。

精根《せいこん》を込めた仕事にこちらまで豊かな気分に浸《ひた》りながらも何も買えずにおいとま。

収穫を終えた素顔《すっぴん》の棚田と黄色い装いの大イチョウが秋思へと誘《さそ》う。秋爽《しゅうそう》の中、立ち昇る煙とその臭いが里地里山へといざなう。

取り囲む錦秋の里を眺めながら

「来年のことを言うと鬼が笑うち言うが俺は産まれてくる子供を、おまえの家族の傍《そば》で育てようと思う」

「えっ、ちょっと待って…いきなり何？」

「これは義理立てとか、この風景から覚える一時的な望郷や惜秋とは関係なく以前から思っていた事で、とりまく事情との兼ね合いを考えるとそれが一番よさそうなんだ」

「…それはあなた自身にとっても…」

「俺が今この地でやり残していると思えることは、一度古窯跡に立ってみたい位かな。多分理解はできない、一人合点の解釈というか謎解きのような時間を堪能したい。生活の変遷を想起させる風や物の中に身を置くだけのたいした意味も無い手前勝手な考古学ごっこだよ。今俺は今迄に無い程家族を大事にしたい。大切なものを守っていきたい。かつてこの地で暮らした人が一途《いちず》さを日常とした現場に立ってみたいんだ」

「絵は？　もっと描きたかったんじゃないの」

「造作無い。今自分色の自画像を描いている。いつ迄たっても未完成で不細工な絵だけどな」

「わあ、気障《きざ》っぽーい、いつからそんなに」

「アハハ、茶化すなよ。今度検診で帰省した折にでも両親に相談というか気持ちを尋ねてみてよ」

「訊《き》いてはみるけど…私今ね仕事は楽しくなってきてるし、若い人が少ないのは残念だけど年長者とりわけお年寄りがひたむきに働く瀬戸という町が好きでもっと居たいし…みんな優しいよね此処《ここ》の人…でもそうよね、子育てしながら働くって大変よね…もう少し考えてみていい？…あなたは会社の方は大丈夫なの」

「そこだね問題は。よくして貰ってるからね、拾《ひろ》われた身で勝手言うのがつらい、心苦しい。」

あれから三年が経《た》とうとしている。すべてを手放した上、咎《とが》を抱《かか》え解のない自問を繰り返し、逃避と模索《もさく》の判別もつかないもうろうたる頭で思い詰めての暗中悶々。これは知識や屁理屈ではどうにも成らん、何の端緒《たんしょ》も開かれん、処方箋は無いのか手がかりはとうろうろすれば諺《ことわざたと》譬えを地で行く人柄土地柄とのありがたい合縁奇縁《あいえんきえん》の出会い。

「それにしてもいい所ねえ。瀬戸とはそれほど離れてないのに全然違った趣《おもむき》よね。此処にも家庭や生活があるのね」

「ああ、染谷寒水《そめやそうず》の原風景とはこのこった。田舎を想い出すよ。それにしてもあの田んぼの一仕事終えたって顔はどうだ、ほら」

「…どこ？」

「アハハハ長閑《のどか》だね。実りの秋を経ると川や土や樹々までもが凍てつき何も彼《か》もが真っ白な雪に埋もれてしまう。今は人も自然も冬籠《ごも》りの支度《したく》をしているんだ」

「そんな白銀の世界も観てみたいね。もっと居たいけどそろそろ帰んなきゃね」

「そうだそうだの操舵室《そうだしつ》」

「何よそれ」

「お前が舵《かじ》取りだってこと、あんたが大将《たいしょう》に似た言いまわしたい」

稲架《はざ》掛けの間に見え隠れしていた落穂拾いの農婦が腰を伸ばしてしばしこちらを観ている。都会に出した息子でもいるのだろう。

釣瓶《つるべ》落としの薄暮れの中、あの頃の自分に逢《あ》えた気分で満たされていった。

流れゆく夕間暮れの紫紺の色彩を路線バスの額窓から追っている。

「実は数年後に会社を工業団地の方へ移すらしい。すでに広い土地を取得していて従業員も今の倍の五十人程にして展開する計画を聞いた。信用金庫からの融資の件も落着したらしいから今は頃合《ころあい》を計ってるんだろう」

何かの折に簿記がどうの帳簿こうのと耳に届いていた。需要と供給だの費用対効果だの利潤だ経費だの勘弁してくれとこっそり耳を塞《ふさ》いだ。卒業に必要なので履修《りしゅう》はしたが会社の役に立つとは到底思えない。買い被《かぶ》っている。第一私自身のコストパフォーマンスの基《もと》は恥と汗を掻《か》くだけで済むなら遣《や》ってみろ、時間と工夫は工面するがいい、の程度だから意に添える筈もない。

「今はどこでも不景気だ、在庫ばかりが増えると言われてる時に大した人達ね。この前文化会館で従業員展を開催した時も思ったけど…」

「そうなんだ、決して景況はよくない、にもかかわらずだ。いつも進むべき道を手探《さぐ》っている。同じ茶碗屋なのに器《うつわ》が違う」

「…ん?」

戸越峠を下《く》だるとやがて人家の明かりが点在し始める。〃家路〃そう肌をなでる家路というものに二人して浸っている。すでに暗くなった町、アパート前のバス停で下車すればやや肌寒き外気。小さな部屋だが我が家の有難さからくるのか一陣の温《ぬく》とい風が抜けていく。

「晩ご飯なんにしよう」

問うでもなく呟《つぶや》く妻。

「何でもよかよ。きのうの残りもんでよかよ」

この町の主幹産業の斜陽には気付いていた。手や品を代えての切り盛りや経営努力は伝わっていたが製品の在庫は、日毎《ごと》に増えている。

数日前から成形機を代えていた。四、五年前に二千万円余りをはたいて購入されたが、そのまま埃を被っていた西ドイツ製のローラーマシンと格闘していた。

こちらの成形機は、ハマと通称する高台が、茶碗の本体と同時に成形出来るもので、別々に成形し後で接着させていた従来のやり方に比べて、一工程と人員が少なくてすむ画期的なものだった。

浜ちゃんの後釜にと雇った職工が、二ケ月足らずで辞めてしまった。それを機に
「この機械、使えるようにやってみてちょうへんか」

とミッちゃん。

「何で今迄、放ったらかしだったんですか」

「それが…」

と言ったきり、意味あり気な含み笑いで問いかけには応じない。

毎日、作業場の一等地を占有していたので目にはしてきたが保護シートが被《かぶ》っていたので、その内気にも止めなくなっていた代物。

「同じ方向に廻る上下のローラー、その回転数の差が抵抗になって、成形するしくみなのだが、最も成形に適したその回転の速さは、当然土の性質によって変わるんだ。今その回転数を測るスピードガンが無い。買う予算も無い。一週間遣《や》るから、やってみてちょうせ」

よかばいと応じるが当初はやる気と駄目元は半々。道理は解った、断る理由もないな、これ案外、

願ってもない好機かもと進展。

元来、私の費用対効果は、恥と汗なら掻くだけで済む、遣っても失うものは何もない。茶碗の成形で一番大切なのは、その厚味である。勿論、基本の形状も大切だが、石膏型を利用する成形ではそこは目を瞑《つぶ》るしかない。

食器の厚さは、使い具合と持ち応えに直結する。その好い塩梅《あんばい》を保持しつつ、器の口から高台へ、茶碗を伏せた姿へと、一息に立ち上げる事が出来れば、この設備投資も陽の目をみる。そうロクロや従来の成形機とは天地反対で、製品が逆子《さかご》で産まれるのだ。

常日頃は、作業工程で手の足らない場所を補う仕事を持場とし、一日の全工程が終りを見せる頃から窯詰めを始めるのが日課のミッちゃんが、色んな発想で経営を支えていることに初めて、気付いた。

そう言えば、あの立看板も彼の発案だったんだよなあ。

妻は私の心配を余所《よそ》に、身重の身体で、しかも自転車で通勤している。日々、濁筆《だみふで》や細筆で呉須絵に取り組んでいるらしく
「時々、手伝いにみえるお婆さん、そのダミの筆捌きのいい事、私も早くあんな風に成りたいな」

安定期には入ったとはいえ、何が障《さわ》るやも知れぬと気に懸かるが、物作りや働ける事の喜びを知り始めた人に、多くは言えない。

その内、と想っていたのか、絵付の道具と素土をアパート迄運んで貰って、夕食後や日曜日に内職を始めた。手際が良くなってる。

「家族が増えるとなると、何かと大変だね」

「そうじゃないよ、楽しいのよ。私こういう仕事が好きだったみたい」

「実は俺も、こういう事が性《しょう》に合ってるなって感じる時があるんだ。日曜の誰も居ない静まりかえった工場で、前夜考案したことを、試行錯誤するだろう。形に成ったばかりの半乾きの茶碗を、スパーッと縦に真二《まっ》つに切ると、その断面に器の形状を成す、高台から見込み、胴、口とそこら中の厚味が一目瞭然となる。意図したものとどこが違うか、マシーンのどの部分をどれだけ調整すれば、それが叶うかと考える。そんな時、ふと俺はこんな事が好きなんだ、向いているんだ、と自分を見付けたような…」

「なんか嬉しいよね、そんな時」

「そうなんだ。損得勘定一切なし。一人なのに一人じゃない。昼メシ食うのも忘れてる」

想いを共有している。今、しあわせかと訊きたくなったが、気障《きざ》すぎて口からは出ず、慎重に動く妻の手先を観ている。

「ねえ、お茶碗て、所々で厚さが違うの？」

「ああ、上から下まで全部違う」

「そうなんだ…知らないで御飯食べてた」

「アハハ、知らないでも飯《めし》は食べられる。知らないでも生きてゆける。知ったつもりになって御託《ごたく》並べるより、知らないまま済ました方が利口に見えることもある。いっそ知らないと認めた方が、前に進める時もある」

「始まったぞう」

「アハハ…切りが付いたら風呂行こうか、祖母懐湯へ。お婆さんの懐の湯か、いい名だ」

「逢いたくなるでしょ、逢いたいよう」

しもた。郷愁の琴線に触れさせてしもうた。


私が任《まか》された一週間、他の持場は近在の製陶所から融通して貰った、丸皿や角皿の素土《きじ》で凌《しの》いでいたので、作業自体の支障は無かった。一人何の煩《わずら》いも無く落ち着いて向き合えた。

上に配置されたローラー、その円形の鉄ベラは前後左右、上下に回転数まですべてに可動域を持っている。その位置関係でハマ径ハマ立ち、茶碗の各部所における厚み具合まで変移する。その組合わせたるや……。

薫陶々治《くんとうとうや》を受ける中、無心になって打ち込めば仕事が仕事を産み出している感覚になる時がある。

そしてそれは、一分間に推測四百回転以上の心地良い音に包まれながら産まれた。

後は窯の余熱を潜《くぐ》らせてからの亀裂の有無だ。

よし、問題も微候も見受けられない。

「出来《でけ》た」

ミッちゃんが飛んで来た。次々と産まれる様子を機械の袖で見ながら、時々成形されたばかりの茶碗の貼り付いた石膏型を手に取ると、矯《た》めつ眇《すが》めて納得の表情。

粘土はその水分を石膏に吸われることでその型から自然に離れる。出来立てのその茶碗を半分に切ると、その断面に見入っている。

「出来たか、実は長い事、宝の持ち腐れかと思っていた。どこか肩身が狭かった…えらかったろう、ゆっくりしてちょうせ」

「取り敢《あ》えずはこれで…ほんとは全体を、もうコンマ三ミリ程薄くしたかったんですが、そうするとハマの端《はし》っこが飛ぶんですよ」

「これでいい。良う遣ってちょうた。今晩、焼肉でも食べに行こまい。面こい奥さんも、連れて来やあせ」

「はあ、はい、連れて行きます」

久々のミノやカルビは贅沢の味がする。やはり俺にはホルモン焼きが口に合う。

定期検診で福岡へ行っていた妻は、願ったりのいい知らせを持って帰ってきた。昭和二十五年に建て十年余り住んでいた妻の生家が同じ敷地内にあり、現在の実家に移ってからは月四千円の家賃で左官を生業《なりわい》とする家族に貸していたとのこと。その方がつい先月出られて今は空家に付き、よかったら使いませんか、無かった風呂も先の左官さんが造られてます云々。

頬《ほほ》を抓《つね》る思いで聞きながら、友人に頼んで安アパートでも、の手配も不要になりその上出費も抑えられて正に渡りに舟。

「みんな喜んでたよ、父は顔や言葉には出さないけど案外満更でもなさそうよ」

元旦、田舎から届いた餅で新年を祝った。覆水《ふくすい》は盆にも正月にも帰れずと徒然《とぜん》ない正月を二度経験した身には、二人で居るだけでうららに満たされていく格別のものがある。

テレビはおろか洗濯機もレコードも新聞も電話も蔵書も然程《さほど》無い部屋の恙《つつが》ない日々、元来さしたる物欲も無い。探《さが》し繋《つな》ぐ必要もない軽口の接穂《つぎほ》、合間に向かう視線の先には裏山で採り揃えた松の枝と裏白、重なった餅。数輪の花と真似事のお節《せち》。去年撮った写真と数枚の年賀状。そしてどん腹の妻と胎動する我が子。

流行《はやり》の歌もファッションも知らない、無頓着。巷の事件も世情の表裏も知らない。福岡で就くであろう仕事も皆目見当も付かない。それでも不安も無く自若《じじゃく》でおれるこの能天気振りは一体どこから来るのだろう。

鈴木さんが車で搬出入までしてくれる置物の絵付けの内職を、妻は年末年始の休日返上で勤《いそ》しんでいる。加勢か邪魔か解らないが私も肩を並べて取り留めの無い話し。産まれてくる子の性別はどっちだ、から始まった話題は自然互いの生い立ちへと遡《さかのぼ》る。

「実はね私、ヤギさんのお乳で育ったの、母の乳の出が悪くてね。父が縁故を頼って十二、三kmもの悪路を山羊を引いて来たんだって」

「只歩くだけでもやわじゃないよ、やお行かんかったろお。親心ってすごかね。昭和二十八年と云えば筑紫二郎、そうたいその年の六月いまのちっご川の氾濫《はんらん》で、どえりゃあ水害のあった年だがね。テレビ放映の始まった年ぜい」

「…あはは、あ、あなた、ど、どこの人？　ふ、うふ、あふ、アハハハ、ああ可笑しい」

「あははは、自分でん解らん。此処はどこ？　私は誰？　おいおい、そぎゃん笑うと産まるっぞ」

「ギャハハハ、もう駄目、ねじが飛んだ、痛い、腰を摩《さす》って、お願い、腰を摩って、ふー、ふーっ」

――あれもダメ〜、これもダメ〜のダジャレを控えた――

腹式呼吸の妻は身体を横たえて、真剣な表情で空《くう》を見ている。こうやって母親に成ってゆくのか、と摩っていると落ち着いて来て、

「今度借りる家ね、お祖母ちゃんが自分で掘った井戸があるのよ。元は笹の生い茂る小山で、その斜面の一角を鍬一本で平地《ひらち》にして家を建てたの」

「そういえば、お祖母ちゃん佐賀出身だったよね」

「確か立石とか綾部とか……幼い頃私も何度か連れてって貰ったよ」

「多分、佐賀ん鳥栖方面だと想うんだ、というのも鳥栖から小郡、大刀洗にかけて彦山道《みち》と呼ばれていた古道があるんだ。若い時分に徒歩で英彦山神宮詣でをしたって話してたよね」

「……いつ？」

「挙式に備えて原鶴に向かうバスの中で……俺もそろそろ着くなあってどこか上の空で生返事で受け流していたけど、やっと繋がったよ。あれは恵蘇宿付近だったんだよ。その彦山道って恐らく古賀茶屋か十文字辺りで日田街道と交わるんだ。多分、何かを見かけるか耳にして、昔の記憶が蘇っていたんだよあの時」

「へえー？……今度ゆっくり地図に描いて、よーく教えて……」

「よかよ。そうか最初に井戸を掘った人か……、エッ家も手造り？」

「違うよ。もう笑わせないで。家は大工さんが建てたの」

「すごいね。先ず自分の手でやってみようという発想からして違うよね、それに着想も。よく思うけど昔の人の方が絶対偉かったね。親父も以前炭焼きをしてたけど、手鋸《のこ》一本と斧《おの》と鉈《なた》だけで、一山二、三年で焼き尽くすと、すぐ別の山へ移って炭にしてしまうのだから、絶対真似できないよね。文字通り素手で生きた人だ。初めは道も無い蝮《まむし》の住む荒蕪《こうぶ》の山で。昭和四十年頃までかな、炭の需要が減ってきて止めたけど全部で十二ヶ所で焼いたって言ってたな」

「蝮がいるの？」

「いるいる。田舎ではヘラクチとかヒラクチと呼んでるけど、山付きの水田や果樹園にも時々出る」

「そう言えば、私の父も戦争の後、炭焼きとか塩作り、左官の見習いも遣ったと言ってたわ。今の仕事に就く前よね」

「戦争か…あの時代を生きた人は、計り知れない強さを持ってるよね。俺なんか自分の力が屁の突っ張りみたいに思える…お父さんは戦争の話する？」

「満州に出征してて、凍《こお》った川を馬で渡った事と、多くの部下を亡くしたとは聞いた事がある。余り話したがらない。

写真は何枚かあったよ。軍刀を腰に馬に乗って凛々《りり》しく写ってるのが。へえー、これが若い頃のお父さんかって思ったもん」

「戦争末期《まつき》の満州は、阿鼻叫喚の世界だったらしいからね。いつ退役《たいえき》なさったかは知らないけど、お父さん長男だよね。本土に帰ってからも弟や妹が五人、いや六人か？　親父と似ているけど内《うち》は、喰って行けるだけの山や田畑があったから…いやー想像がつかない。軽々に口を挟める事じゃないよな。

今はいい時代だよね。自分の事だけ考えて生きてられるのだから」

「私、父親の事をこんな風に考えた事無かった。一人で大きくなったような顔するなってこう云う事だったのね…」

「そんな言葉聞くと何か嬉しいね。瀬戸での生活を肯定されたようでホッとする。」

「私はあなた程の覚悟で家を出た訳じゃないけど、一度親元を離れてみて、ほんとに良かったと思ってるのよ。私一人じゃとても出来ない。付いて来て良かったって何度も思ったわ。私の目に狂いは無かったって事よね」

「なんじゃそりゃ…まだ始まったばかりだよ。…ところで、この鈴木さんの仕事、いつまでやるの？ちゃんと予定伝えた？」

「話してるよ。後《あと》一週間程で、福岡にお産で帰ります。その後の事はいついつ迄って言えませんけど、戻ったら又よろしくお願いしますって。そしたら、仕事出来るようになったら連絡下さい、待ってますからって。嬉しかった。」

「雇《やと》って貰う時はいらないって言われたのにね。よかったね。ほら、ちゃんと役に立ってたじゃん。人は一針ずつでっせ、だから針路と書く…何てね」

「へえ、そうなんだ」

「いやいや、軽口に納得されても困るけど」

「ほんといい人達ね、この町の人」

　新しい年も一週間が過ぎる。仕事に区切りを着けると妻はこの地を後にした。彼女の離愁の途に添うように移動する小さなつむじ風、その風に埃《ちり》と枯葉があちこちで送別の舞を舞う。

「もう、この町に帰ってくる事はないのね」

　後髪を引かれるのか、名残りを惜しむ眼《まな》差し姿がいじらしく、

「おまえにとっても大切な場所になったね。きっと帰って来れるよ」

「…淋しいよう…」

「…お前は、母親に成るために福岡に向かってるんだ、大変な仕事が待ってるよ」

「…そうよね、あなたももう直き、お父さんに成るのね。どんなお父さんに成るのかな」

と泣きべそでほほえむ。

――親を泣かせた俺が、人の親か――

この町に出会えた奇縁を又想っている。

――あの頃の自分を捜《さが》してみたいと思える日が来たら、戻って来よう。ここでの二人の日々がいとしく思える日が来たら、帰って来ような、長い旅になりそうだが――

見送った後のこの寂しさは慣れる事がない。幾度つくねんとこのベンチで、遠くを眺めただろう。何度もこの駅で指紋の擦り切れた指先と足下《あしもと》を見詰めながら〝今、お前は試《ため》されているんだ、それもこれも修業だろうが〟と反芻《はんすう》したよな。それも今度で最後だ。中央本線の大曽根と云う駅名、そのホームから眼に映る無味乾燥な工場群のシルエットは恐らく生涯忘れないだろう。何か行き詰まったら思い出すがいい、湧き立つ多くの想念を、何を考えても無駄だとベンチに放置してトボトボと、己を引き摺りながら歩いた姿と道程《みちのり》を。

そしていつの日か、記憶の欠片《かけら》を拾い集めるような旅で戻ってきたい、二人で。それまでこの地で唯一、妻が美味しいと愛《め》でた中華ソバ屋の〝紫竹〟は遣《や》っているだろうか。あんな日々があったればこそと思えるだろうか。

――退職は年度末まで待った方が賢明だな。今、失業する訳にはいかないし、ましてやこの寒空にな。詫《わ》び寒《さび》の長い自炊生活になるな。それにしてもわざわざ、侘び寂の境地を求めたり、暇潰《ひまつぶ》しにひつまぶしを食す御仁はどんな人種だ？……こちらが偏倚《へんい》危惧種か――

この地での残された時間と、この地でしか出来ない事を測《はか》っていた。先づ点在する古窯跡に身を置いてみたい、自分の反応を探ってみるのだ。関する文献も覗いてみたい。おお、忙しくなりそうだ。

珍らしく雪化粧した福岡の市街と油山の綿帽子を被った木々が、俗世の垢《あか》、身過ぎ世過ぎの風塵《ふうじん》を雪《そそ》ぐのか、喧騒と日常を遠ざけている。透明な外気が奮起を促し、懐しい気分にもさせてくれる。その山の麓《ふもと》に近接する産院で一週間前誕生した長女と初顔合せ。事、お産に関しては男は何の役にも立たないのでトンボ返り。瀬戸に戻って数週間が経つ。

此処での生活も残り僅かになった。幼児は元気か、母が苦しんだと聞く産後の肥立ちは順調だろうかと想う中、あれ以来音沙汰の無かった弟から手紙が届く。合格発表は未だ先の筈なのに九大医学部を受験したが落ちた。浪人して再度臨む由、もうそんな時期かが第一印象。

合否の顛末《てんまつ》は判りきっていた。掠《かす》りもしないからと泰平楽を決め込んで欲しくないからと書き送ったまでのことで〝馬鹿が、ほんなこつ受けちょるき〟が次に浮かんだ感想。先行きの事はさて置き、失意と不安を抱《かか》えたまま卒業式に臨み、淋しげに学友と別れる姿が目に浮かび不憫にも想えた。記憶に残る校舎、渡り廊下、植え込み…我に返って事の発端へ戻れば、縦のカギの解答をヒントに横のカギへ臨むはクロスワードの如くでそう仕向け、スイッチがはいった以上、受け留めるしかない現況の前後左右を考えていた。それにしても歳の離れていることをネタに、橋の下から拾ってきたなどとからかっていたあの弟がな。

〝朝まだ闇《くら》き、今朝羽化《けさうか》す。羽色、羽音はいかにか成らん〟

がおまえが学んだ高校名の由来だ。などと、又、誠しやかな嘘をつく。福岡に親不孝通りと呼称されている場所があり、北へ抜けると予備校がある。四季折々の通りの行き交いに混《ま》じって来春の羽ばたきに備えよ。ラストチャンスだ。俺も福岡へ帰ることにしたので経済性を汲《く》んで同居せろ。学部は変更するが九大一本でいくからな。検討したいので取りあえず結果の詳細を知らせろ、と、いつしか隗より始めるしかない羽目に立っている。

機を見て辞表を出した、と言うより逆算してその日を選んだのだがその胸中は曇天《どんてん》の如しで、手にしたユーさんの顔色を目にした途端すでに双方とも言葉を飲んでいる。気まずさを含んで素通りしてゆく時間の中でこれからの一ヶ月が大切なんだ、冷やかな扱いを受ける覚悟も要るんだ、ここは緊褌一番と、その重き空気を払う。

その日の終業時、これから焼肉屋にでもと誘われ、こんな形《なり》ではと泥で汚れた作業衣を着替えに帰りながらの道すがら、意志を伝えた安心と始まったカウントダウンの先に在るものの輪郭が具体性を帯びてくるようで、漕《こ》ぐペダルも軽くなる。

だが、そうは問屋が卸さない。当惑と憤怒《ふんど》を含んだ苦笑いが肩を並べて待っていた。

――あちゃー話が拗《こじ》れる。でも嬉しい――

何食わぬ顔で人を試す癖を持つミッちゃんの同席とあらば事は簡単に収まらない。

「勝手言って申し訳ありません」

「不満があるなら言ってちょうせ、給料は出来るだけのことは出しているつもりだが…」

「何の不平不満もありません。よくして貰ってると思ってます」

「ちょっと待ちーやあ、何の不満も無くてなして辞めやあすか。仕事がえらいか？　他に好《い》い話でもあったんか」

「いえいえそんな話はありません。あっても動きません、恩を仇《あだ》で返すような真似は微塵も考えてません。滅相も無いことです」

「じゃ辞めて何をどうするつもりなんやか」

「実は青少年センターでロクロ廻してみて、ちょっと嵌《はま》るというか…」

「ロクロは揃《そろ》える。工場の隅に置いて廻せばいいが、粘土や窯は会社のを使っていいが」

「内の親父、そう社長は手ロクロで一日五百の茶碗を挽《ひ》くロクロ師だった。習やあいいが」

間髪を容れず二人して私の言葉を遮《さえぎ》る。他の窯元への移動ではないと解って安心したのか、頃よく肉も焼け箸も動き始める。カルビだのミノだの食ったら口の奢るばい。

この町では日給の平均が約三千円。日給月給制が殆どで、その日当が百円でも高いと職工がすぐ鞍替《くらがえ》する。煙草銭くらいでと思うが両切の煙草を三分割して煙管《キセル》に詰め吸い殻も残さず倹《つま》しく吸う生活者にとっては、背腹《せばら》を替えられない現実でもあるのだろう。同僚として二、三ヶ月、気心も知れて仲良くなったと思っていると次の月から姿を見せない渡りや漂泊の職工もいる。

「○○さんはこの頃見ないけど」

「ああ、あの仁《じん》は辞《や》めやあた」

取り付く島も鮸《にべ》も無く、腹立ち紛《まぎ》れの返事を耳にしたことも二度や三度ではない。

目の前の二人は、数をこなす仕事だけではやがて疲弊していく職工の現実を知っている。でなければ年に一回の従業員展や一泊の社員旅行を企画開催などしないだろう。市民文化会館や銀行のロビーを借り受けて催されるそれには、洋画、日本画、書、手びねりの器、手芸の品々が並ぶのだ。

「奥さんは戻りゃーたか？」

「…もう帰ってきません」

箸が止まる。じゅうじゅうと炭火が騒ぐ。

「子供は福岡で育てるから、私が戻るまで実家に居るように言い置いてます」

「…奥さんがそうしたいと…」

「いえ、家内は鈴木さんとこの仕事が気に入ってました。漸く慣れてきた所だったので驚いてました」

「おまはんの考えていることがよく解らん…そういえば申し込んでいた県営住宅の件、当選通知が来てやあたぞ」

無さすぎる計画性。行き当たりばったりのその場凌ぎを恥ながら

「何から何まですみません。…誰かに譲る訳には…」

「問い合わせてみんと分らんが…住宅に住んで子育てすりゃあいいがに。ほやらあ、そりゃあ贅沢《ぜいたく》は出来めゃあが、それなりの生活《くらし》は遣《や》って行けるようにするで…考え直してちょうへんか」

「勝手ばっかり言ってすみません…物の前後も考えんと身一つで飛び出すような唐変木です。そんな性根と闘《たたか》ってるつもりでも、やってることは向こう見ず。青臭いですよね。代わりの職工が見付かるまでは、お世話になりますので…」

「代わりの職人って…」

「…ところで、この瀬戸って所は九州の人からしたら、どうなの、住み難《にく》いの？」

「私には最適の町でした。場所を選べた立場じゃないですけど、まさかの別天地でした。家内も当初はいろいろあったんですが、日を追う事に気に入って来たんです。家内も今回の件は寝耳に水でして、何度もこの町でのことを振り返ってました。

瀬戸って自然由来の土地にごく自然に発生し発展してきた町ですよね。作為の無い、普段着の生活をさらけ出してる。…手を変え品を変えて長らえた町なんでしょうけど、中心に一本動じない芯が通ってるイメージですかね。人も建物も衒《てら》うことが無いので本当に居心地がいい。私はすぐ馴染めました」

「焼物の他は何も無い所だからね。地元の若い人もみんな出てってしまうんよ」

名古屋や豊田は通勤圏内。

「確かに都会は、金さえあれば便利で快適な処《とこ》ですよね、誰でもなびいてしまう」

「時短、効率、利便性か、生活は確かにしやすいが生きてる実感はどうかな。おいは時折り、何か大切なものと引き換えてる気がして、すんなりよかよかとは受け入れられない。」

「そうなんですよ私も…爪を研ぎ、口を開けて待っているというか…。私は福岡でも、小原村に似た寒村で育った田舎者ですから、生活《くらし》の中で工夫工面している方が性に合ってますけど」

「えっ、小原に行った事ありゃあすか。知り合いが居て、一時《いっとき》、和紙の肌合い風合いを茶碗に活《い》かせんかと通ったことがある」

と又、興味をそそる話題で、私の進退話の腰を折る。やっぱ物創りへの関心度が高い人達だ。

「その小原から偶然、この町に流れ着いたんです。あの頃は自分の生き方が解らないで、さ迷ってました。まさに岐路でした。こんなたわけは一度、素寒貧《すかんぴん》になってじたばたするしかないと…つまらん話ですね」

「いやいや、若気の至りだろうけど、若い時にしか出来ない事もありゃあす」

「バカ気の至りですよ。こうやってしか生きられん者《もん》も居《お》るとですよ。まさか自分が、ですよ。この前まで、会社辞めるなんて頭に無かったんですから」

「おいおい、退社決まりきで話すなよ」

「すんまっしぇん、沢山世話に成っときながら…実は、三年前、親を泣かせました。苦しめました。家内も、こんな私に付いて行くと言って親を悩ませ、切歯扼腕の辛い思いばさせせました。私も親に成ってみて気付いたんです。今は生き方より、有り方じゃないかって…。所帯を持つ事と子供を持つ事の違いの大きさに途惑いました。産まれた子が愛しいのは勿論、家内までもが、身体の一部に成ったようで…自分もこんな親の想いの中で産まれ、育てて貰ったんだと気付いたら、両親は勿論、家族をも大切にしたくなったんです」

「…それで親御さんの近くで、子供を育てようと思やあたか」

「向こう帰っても、仕事も何も無い訳だろう」

「全くの白紙です。こんな性分ですから誰にでもは頼《たの》めません。こっちに来た時と一緒です。でも守るべき家族が出来た事と、たとえ世辞辞令でもこんな私を有用だと、引き止めて下さる人に出会えた事は、これからの応援歌です。拾ってもらった上に…」

「うちらは何も、特別なことは…」

「とんでもありません。この逞《たくま》しい町で、製品と従業員に社運を賭ける香石陶苑、ここで日々培《つちか》われたものは大きいです。本当にお世話になりました」

「ちょっと待ってちょうせ。まだ決まった訳じゃあらせんが」

歓心の内に日付けはとうに変わり、既《すで》に店の暖簾《のれん》は仕舞われている。妻の自転車を押しての道々でいつになく冗舌だった自らを反省していた。期待に添えない身勝手さや疚《やま》しさに似た感情がずーっと付き纏《まと》っていたな。

しっかりと封緘《ふうかん》した筈の里心が、帯びて来た退職の現実味で漏れ出したらしい。消えそうにも消えない揺曳《ようえい》する想い、その後ろめたさに蓋をするように口数が増えたのだ。

これで憧れが、寡黙な職人とは、聞いて呆れる。修業が足らん。源流を嗅《か》ぎ分けて遡上《そじょう》する魚並みか。意を伝えて胸の痞《つかえ》が下りたのか、軽口もついて出て、そんな弛緩した心身のほてりを、まだ冷たい夜気が包んでくれる。

――これからも目的や目標を持ち得ず、動機ばかりに突き動かされるように生きて行くのだろうな――


卒業式を終えた弟から、同居を願う旨と、各学部の最低合格ラインを知らせて来た。

自己採点によると、合計約一三〇点。九大全学部に於《お》ける最低合格ラインは、農学部の二六〇点とのこと。

『おお、丁度半分か、取得倍増計画だな』

と妙な所で感心するが、すぐに、ここまで悪いとは、と五教科のの得点を目で追うと、あれ、英語だけが五〇点と突出している。英語が全く駄目だった小生、だから言う訳ではないが、可能性が無くはないいな。

それでも軽挙無謀は一寸《ちょっと》も変らず、まるで雲を掴《つか》む話、針の穴に駱駝《らくだ》を通す譬《たと》え。

血統か？　それとも内なる雷鳴が共振でも起こしたのか？　固《もと》より恥掻きは承知の上、まさか今の己の姿をみっともないなどと感じてはいまいな。自分の裁量で物事に挑《いど》み掛かろうとする者と、それを嗤《わら》う者、どっちがみっともないかは言わずもがな、だよな。

取り敢《あ》えず、健康増進に励むこと、そして志望学部と選択科目の変更を一方的に突き付けた。実質、大学受験の経験の無い兄に出来ることは、虫歯が有るなら治療しとけ、好き嫌い無く、何でも食べられるように、十時就寝五時起床の習慣付けと走り回れる脚力等々、と中学生のクラブ活動における合宿前心得と見紛《みまが》う便りを書き送る程度。

初の乳飲み子を抱えてまだ日の浅い妻に、予備校生とはいえ徒食の居候《いそうろう》を頼み込むハードルの高いこと。無理難題、一筋縄ではいかない障壁を前にして少し気の重い妻への親書。だがその返信に雲散霧消、杞憂は去った。

取り立てて何事も無い、一見穏《おだ》やかな日々に訪れる事案は、当初から禍福の正体を見せない。さりとてその訪問者を門前払いしてばかりもいられない。むしろ能動的に向き合うことを、迷走や失敗から学ぶ機会萌芽と捉えて、その針路に舵を取ったまでのこと。

幾筋《いくすじ》かの源流が交わる。やがて又、別の支流と合流して、次第に大きな河川を形成してゆく。この流れに乗ってみるか、乗らねば、とそんな感懐に陥《おちい》り耽《ふけ》る時、迷いながらも漂《ただよ》う方を選んでしまう性分には、周囲も困惑しているに違いない。ましてや連れ合いは。

弟の巣立ちに合わせるように兄夫婦に長女が誕生し両親も内孫外孫の祖父母になったと喜ぶ便りも届き、そんな家族の変遷に触れると情懐を擽《くすぐ》られるのか自然頬が弛《ゆる》む。つくづくと自分も人の親に成ったことを実感し、生きとしものの深遠に触れた気にもなる。

数日の後、専務から呼び止められて
「来月から浜ちゃんの戻りゃーす」

と知らされたときの駆《か》け巡る想い。

「良かったですね、本当に良かった…」

「……」

「いえいえ、私のことは抜《ぬ》きにして」

誰の胸にも想う所は色々ある。取りも直さず癒《い》えて復帰する僚友先輩のことを想うと嬉しさが広がる。あれからかれこれ一年の月日が流れる。やっとかめの心境だが彼の面影を追えば掛ける言葉を選ぶことになる窮屈さも迫って来る。

まさか私の都合に合わせてくれた訳でもあるまいに、余りにタイムリーな御膳立《おぜんだ》てにはさすが浜ちゃんと叫びたい位だ。降参します、頭上には白旗を尻尾《しっぽ》は股ぐらに挟《はさ》んで退散します。どう足掻《あが》いても十四、五才で遠く親里を離れた人に適《かな》う筈がありません。望郷に耐え異郷に根を張る気概、骨を埋める覚悟、何を取っても勝目はありません。あなたが居てくれてどれだけ心強かったか、こらえて下さい。あの頃はようやっと得ることのできた薄明の安息地での生活に、よかよかとのぼせ上がっていたのです。

そうこうしている内に残されたこの地での時間や体験もいずれ自分の過去の一部に成るという思

いも湧いて出て、どうせ一人所在なく無意に過ごすのなら勿体無い、それこそ貧乏性のなせる業《わざ》なのか久しぶりに土山へと登っていた。

久々に訪れたその場にしゃがみ煙草に火を点けると自然と形状を確認している。私の指定席からは大きな変化は見られない。多分死角に当たる丘の向こうで採掘が進んでいるのだろう。刻々と移ろう陰影でその様は微妙に変わるが実際の形体はこの三年殆《ほとん》ど変化がないように映った。眼に留《と》まるのはやはり削り採られて露《あらわ》になった地層、それは観る度に記憶の中の風景と過去の時空間へと誘っていく。

昭和三十七年真っ赤な若戸大橋が開通して増々の繁栄が約束されたと多くの人が期待を抱いていた。それも束の間またたくまに石油が石炭に取って代わり、そんな斜陽化が進む石炭産業に追い討ちをかけるかのように相次ぐ炭坑の落盤、爆発事故。反面家電商品の普及、とりわけ東京オリンピックを控えての白黒テレビを買い揃える家庭は急増していた。そんな光と陰が日替りで射すような慌《あわ》ただしい世情。

僻村の小学六年の我が事だけにかまけていれば事の済むガキに社会の移ろいや大人の事情など解る筈もないが、筑豊の親類を尋ねた折の炭住周辺の折り重なる静けさの異様さ。翌年が明けてすぐ亡くなった祖母の、底冷えのする仏間に数日横たえられた白い布を被った亡骸《なきがら》。ただごとではないことが日常と隣合せにあることを知った日。深部で記憶が息を吹き返す。

東京オリンピック前夜、後に三八豪雪と呼ばれるその始まりはスコップで開けた人一人通れる程の祖母の茶毘《だび》への長ーい一本道。建付けの悪い戸の隙間から降り込む風雪、飛び込んで来るミソサザイ。あちこちのもがり笛の中落下してくる飢《う》えた百舌《もず》、餌《え》付け叶わず軀《むくろ》となったその冷たさ重さ。孤立していく村。茅屋《ぼうおく》の軋《きし》み。凍てついた水回り。心許《こころもと》なくなってゆく薪《たきぎ》や食材。音も無く降り積もる雪。吹き溜《だま》りの危うさ。薄暗い昼、薄明るい夜。映らないテレビ。自然延長の冬休み。輪郭のない世界。連日の木馬《きんま》すべりで腰を冷やしすぎての血尿。片道6 kmを越す医院への雪道、そのバス料金「40円稼ごうちゃやお行かんめえが」と語りかけてくるあの日の母影。

『こん風雪が、辛抱の根ば育てよると』

そんなこんなで卒業も近くなった、とある授業風景、残雪はまだ軒先《のきさき》には五、六十cm位あった。

かつて山城、松尾城があったという山裾山肌に沿《そ》って上下二列に建てられた木造校舎、五、六年生が学ぶ上段の校舎からは下段の校舎の軒先の高さが丁度目の高さに当り、今なお残る積雪の断層が露見できた。微妙な相違でその断面が幾重にも成っているのが庇《ひさし》からせり出して観える。四年間という長き時間、読み書きそろばんを初め学習の基礎を教え導いて頂いた恩師がその断層を指差しながら言った。

「とりわけ今年は雪が多いな…みんなこれから大人に成ってゆく。その月日が経つごとに今まで先生がこの教壇から話してきたことの殆どは忘れてしまうでしょう。でもあの幾重にも成った積雪の有様《ありよう》は生涯忘れないと思います。人とはそう云ったものです」

発せられた言葉が意味合と深長さを含んでいるのは感じた。だが理解はできない、解ることは二の次でもいいように聞こえていた。だからこそ記憶されていたのだった。

この地に辿り着いて初めて採石によって露出した地層を目にするや否や、私のボイスレコーダーの再生ボタンは押されていた。だが懐かしむ余裕も吟味する余地も無くあの頃はそれ所じゃないと打っちゃっておいた。

今、この地を去ることが決って何を置いても今一度と出向いた足は擂鉢《すりばち》状の地底へと向かう。大きな水溜りの表面を雲影が通りすぎる。

ある事が誘因で呼び醒《さ》まされる記憶がある。その記憶の中の背景で取り巻く当時の情景が浮かび上ってくる。諺《ことわざ》然《しか》り確かに物音や声音《こわね》より視覚で捕えたものの方が印象に残っている。非日常な事象、とりわけ実生活に直結した所で起きた意外な出来事は印象に強く、後背に宿るものは芋蔓《いもづる》式に呼び起こされる。そしてそれは誘因となった出来事そのものよりも時代性と信憑性を伴って姿を現わす。脇役が主役を食うのだ。見えてなかったものが見え出したとき……。

隣接する宝珠山地区は、点在するボタ山で産炭地なのは一目瞭然だった。その隣村との境界近くに祭られた大行事神社での〝よど〟と呼称される祭事における奉納相撲。目的はその景品と夜店巡りだったのだが、境内《けいだい》の脇谷の向こうに盛り上がる打ち捨てられた廃坑になったボタ山とその裾の隅々まで手入れの行き届いた標高限のブドウ畑という取合せの妙にマッチングした景観もその収穫の一つ。

――自分の住む村内にまさか炭坑があったとはな。あ、そうそう、当時長年の念願が漸く叶い電気の通ったばかりの村はずれの芝峠を抜け、落合地区まで逃げ帰った猟犬を迎えに行ったよな。異常に蛇の多い駒啼川《こまねき》沿いの小道を、兄と二人で。あの時想いがけず目に飛び込んできた遠くを走る日田彦山線の汽車も忘れられない光景の一つだが、あの芝峠って集落はひょっとして隣の田川郡か？……それにしても犬の持つ習性と嗅覚方向感覚ったら――

一俵15kgの炭俵を背負《から》って日に幾度となく登り降りしたあちこち山道、稼《かせ》ぐということを身を持って知ったあの日あの山谷の起伏具合。

腰痛で這《は》いつくばった田の畔《くろ》、わが家の棚田の田植えは下段からだったが上に行く程狭《せま》くなるので気力が保てる生活の知恵。

プロレスや紅白歌合戦を観に集《つど》った家の芋の子洗うような室内、テレビのある家は集落で二軒、内一軒は血縁を頼って移り住む当時は無職の元炭鉱従事者の家庭。

時節折々の恒例行事慣習に係わる人の日頃とはどこか違う顔や語らう姿。

水墨の世界、その雪原に横一条に配され歩みゆく婚礼の列、そのゆるりゆらりの点描の人と人。

記憶の襞《ひだ》に折り込まれた情景は色々な文様となって想起され新たな余情を繰り出してくる。

あの日、長く受け持ち日々接してきた教え子らとの別れが迫《せま》る中、これでもかと降り頻《しき》る雪が物流も交通も閉ざした村の、家屋《かおく》の壁板を剥《は》がして薪《たきぎ》の代用にせざるを得ないそんな自然と向き合い折り合うしかない生活を目《ま》の当たりにした単身教員宿舎に住む青年教師の胸中に去来したもの…諦観達観寂寞感《せきばく》、それら多くの想いが綯《な》い混ぜになり何気無く口を突いて出たのだろう。

村里の希有《けう》な大雪も解《と》けて里山は新緑に覆《おお》われんとしていた。独活《うど》山菜を求めて山にはいれば北斜面の終日陽の射さぬ空谷窪地《くうこくくぼち》に、枯れてちぎれて被さった大量の杉の葉や落葉の、地表の雫でも含んだのか堆《うずたか》い黒々とした見慣れぬ吹き溜まり。棒っきれで掻き除けば白き半透明の氷雪《ひょうせつ》、初めて触《さわ》った落葉の下に潜《ひそ》む雪の硬さ、その室《むろ》の容赦ない春の温み。

――見てはいけないものを目にした思い、触ってはならないものを手にした感触……雪解け水は河川の源の一滴となり、分水嶺の村を伝って、彦山川、遠賀川、小石原川、大肥川、それぞれの水路を征《ゆ》く――

思い返せば、三年前の窮境の日々を支えていたものは一割の望みと九割の過去だった気もする。それも出来事そのものよりその脇袖で繰り広げられていた暮らし振りと、時折の面差《おもざ》しに拠る所が大きいようだ。とすれば忘れてしまった累々《るいるい》たる過日にも成育の手助けを頂いたことになる。記憶にない昔日にも担《にな》われ培《つちか》われたということは、覚えのない場所に私の識《し》らないわたしが確かに居たことになる。そんなどこか気恥かしさや恩借気分に浸《ひた》りながら記憶の風呂敷を包み直すと尻の泥を払い静かに土山を後にした。

深川神社の境内へと通ずるかつての賑《にぎわ》いの名残りを留める銀座通りを抜け、瀬戸川に架かる橋の中程から川面を観れば、辿り着いた当初目にした白濁の水面《みなも》も幾分か濁りも薄らいだかのよう。

残す日程も判然とした気になり、いずれその内にと後回しにしていた猿投山登頂へと向かった。馬鹿ほど高きにと自らに突っ込みを入れながらそれでも不善を為すよりは、心残りの無いようにと背を押すものは幾らもある。

六百m余りの標高だがこの当りでは最高峰でその頂《てっぺん》から第二の古里となった地を眺めてみたい、そして何より登山道に至る沿道に遺《のこ》るという古窯跡に佇んでもみたい。披見《ひけん》によればこの猿投山系には数百の古窯が群を成すとある。そんな途方もなく夥《おびただ》しいものを相手にする気も時間も無いのだが、生命の流転というのか、相も変わらずこの空と大地の間での生きとしものの生き様に今昔の想いが誘うのだ。この土地の記憶を観てみらんか、聞いてみらんかと。

取り留めもなく、古《いにしえ》の懐中のその一つを手探ってみたいという抱えていた想いを果しに分け入れば、崩れ落ちた登り窯を覆《おお》う保全の為の屋根が無ければ見過ごしてしまうほどに自然が戻っている。だがその地は時間を記憶していた。北西斜面に穿《うが》かれた朽廃《きゅうはい》の半地上窯。その勾配《こうばい》30度程か、巾三m奥行き十四、五mはあろうか、その天井部はすでに壊れて無いが焼き締まった分焔柱は残っている。それ以前の穴窯を踏まえた研鑽の遺蹟と陶人達の創意工夫の痕跡に往時を偲べば、未だ記憶に新しい郷里の山々に点在する崩れ落ちた炭焼窯の焼けた石積みと焦げた土壁を思い出す。

訪れる人も殆ど無いのか両脇から雑草に攻め立てられる小径《こみち》を挟《はさ》んで、窯とは反対側の斜面の下にせせらぎの水面が見え隠れする。

小径を覆う草むらの一角に現代でもサヤの呼称で使われている匣鉢《こうばち》の割れ端と焦げた土塊《つちくれ》の転っ

たやや盛り上がりを見せる〝ものはら〟がある。靴先で表土を一蹴りすれば草昧《そうまい》の山平茶碗の陶片が一瞬にタイムスリップする感触でその淡彩な姿を現わす。

灰釉《かいゆう》の枯淡な輝きはその趣きを失っておらず、焼き締まったその硬さと手頃な厚み、断面の色相は郷里の陶土との耐火度と成分の明らかな違いを語ってくる。それは古瀬戸と呼ばれる以前の物で何の意匠《いしょう》も装飾性も無く、用を足すためだけの日用雑器なのだがその程良い理肌《きめ》はいくら擦《さす》っても飽《あ》きない。取り戻す杜《もり》の賑わいの地表数ミリ数センチ下で風化していく過去たち。

その瓦礫《がれき》捨て場を二十ｍも進めば居住区と想われる平坦な場所に出る。その片隅の土砂崩れの跡に何に使われていたのか真白な手に取ればサラサラと砕《くだ》ける岩石が、他所《よそ》から運び入れ埋め込まれたように異彩を放っている。

遠い昔、鶏犬《けいけん》相聞えるこの場所に掘っ立ての住居と陶房があり半農半工で生きる陶工とその家族、縁者が一つ屋根の下寝食を共にしていた、と妄想の世界が心地好く展《ひろ》がっていく、黙《しじま》の中へ。

尻を端折《はしょ》った名も無い陶工達が銘《な》も無き器を焼く。後世に残すなどは意識に無く年々歳々眼前の家族が生き長らえる為ひたむきに働いたのだろう。自給自足の蔬菜《そさい》を育て、稗粟《ひえあわ》雑穀を搗《つ》き喉《のど》に粥を潜《くぐ》らせる。家族で力を合わせ寄り添い創意工夫の上、焼造した生活雑器の類を牛馬や人の背で運んで近郷の賑《にぎわ》いに交《ま》ざればいくばくかの財貨を得ることもできたろう。玄米、臓物、干物あるいは塩魚と物々交換に販路を求めて土着したのだろう。

珍客や祭事慶事があれば放し飼いの庭鳥を絞め、羽と肺、爪と口嘴《くちばし》以外は捨てるとこ無しと、棒を突っ込んでは百尋《ひゃくひろ》を裏返し、足や手羽に口振《こうぶ》り付き、鶏冠《とさか》や砂肝《すなぎも》を奪い合う。鳴き声以外はすべて食えると宣《のたま》う老人。

山菜鳥獣川魚は言うに及ばずバッタや貴重な蝗《いなご》を先を争うように追う子らの声——

その悠久の時の中で、燃料の薪材赤松や陶土が枯渇したのか諸般の事情で新地を求めたのか、それらさんざめく物音も人声も生活の臭いも消え去り、痕跡さえ勢いを取り戻した自然に呑み込まれようとしている。

かつてこの地に居住していた人々の家屋《かおく》、生活様式、焼造品や成り立ちの変遷を学術的に知りたいとは現地に立ってみても然程起きない、やはりこの地ならではの時空の佇いに浸《ひた》り、味わい、幻想を展げ、そこに生きた人を偲びたいだけらしい。

現代は確かに豊かで便利には成った。だがどう鑑《かんが》みても古代の人々よりも自身が逞《たくま》しい生活力を持っているとはましてや賢い、偉いとは到底想えない。つい口当り耳触《ざわ》りの功罪を考えてしまう。

その発見が山火事か焚《た》き火か竈《かまど》かは分らないが、土で器を手遊《てすさ》び焼いてみる。これは便利だおもしろい、がやがてなりわいと成り産業へと道は続く。言ってみればたったこれだけのことで凡《およ》そ一千年の時空を一種類の産業だけで、栄枯を糾《あざな》いながらも生き長らえた町は一次産業を除けば外に無いだろう。

手捻《びね》り、野積み焼、須恵器と時は移り、自然、人や物も移動する。それは近在同業者の技術技法との出会いを伴い、寸借応用会得を経て古瀬戸や瀬戸天目と昇華して黄瀬戸を生む。

それは動乱の安土桃山時代を経て人と住処《すみか》を右往左往させながらも、切磋琢磨を失わず茶道や花道の道案内を得て織部、志野、瀬戸黒と形や色を変えながら連綿と焼き続けられそれぞれ容貌を放つ器は珍重され尊《たつと》ばれてゆく。

そして加藤民吉による処の九州を経由した磁器の製法も伝わり、今日の日用雑器の量産を整える技術と合わさって陶磁器の一大産地の名実を継承していく。

永い年月《としつき》の内には、小利を漁《あさ》って信を失い、我を張ってはあちこちで諍《いさか》い、優越を翳《かざ》して友や仲間を失い、怠惰に落ちて居場所を失った者も居たに違いない。無理を重ねて健康を損《そこな》い、悦楽に迷って能力を閉ざした人も居たかも知れない。欲に走って足ることを見失った人も居ただろう。流行《はや》り廃《すた》りは浮き世の習い遮二無二《しゃにむに》働くだけの御仁もよーけ居ただろうに、それも又その日その月その季節を生きた人々の人たる所以の仕業《しわざ》か。

淘汰や適性、技術の開発進歩、治世や需給の変異の中、この町も人も千変万化の速変《はやが》わりで見事に対処してきたのだろう。そして今も猶、梯《かけはし》の礎なる労を厭《いと》わぬあまたの末裔達がひたむきに営々と作陶に親しむ生活を紡ぎ続けていることへの称讃と軒下の雨宿り程度ではあったがその端くれに加えて戴いた一週に対して礼を込めて今しばらく興趣空想に浸ろう。

——生きてきた証か…

♪　通りゃんせ通りゃんせ、ここはどこの細道じゃ♪…か——

道草を喰いすぎたなと苔産《む》す倒木や成長したひこばえ、実生《みしょう》が行手を阻《はば》む幽邃《ゆうすい》の小道を降り積もった落葉を踏み踏み猿投山へと急いだ。

豊田方面と矢印の下に記された板切れの道標立つ三叉路、その古びた道標の脇に佇む一人の妙齢な狐《きつね》顔の女性、

「今から登るんですか」

「これからでは厳しいですか」

「さあ、帰りは少し暗くなるかも…」

と厭に落ち着いて次なる絡《から》み展開を待つ気配。朝から人一人会っていないので人恋しさはある。だがまさか化《ば》かされてるんじゃとの懸念《けねん》や蠢《うごめ》き出さぬとも限らぬ劣情に、おっとどっこい、こちとら品行方正、聖人君子、君子危きに近寄らず、触らぬ神に祟り無し、取り憑《つ》かれてなるものかとすたこらさっさ駆け出せば、大雨が降れば谷川と化すのだろう登山道は足場は悪く、それでも瞬時に判断し代《か》わる代《が》わるに足を踏み出し息急《せ》き切って一目散に登るにつれ雑念と使嗾《しそう》は消え失せ現実へと引き戻されてゆく。

「頭寒足熱、頭を冷やせ、このいかれポンチのくされフグリめが」

と自虐《じぎゃく》の言葉も突《つ》いて出て、豹変でも恐れたのかお前は、これまで一体何を自分に問い誰何《すいか》し続けて来たのだと疲れた足を幾度か叱咤する。

期待に反して針葉樹と照葉樹に囲繞《いにょう》された山頂《てっぺん》からは眺望は利《き》かない。えてしてこういうものだ。やはり思い込みと独善の吾輩《やから》には登板登頂そのものが愚か真かは分らないが一つの骨頂なのだ、生

きているしるしなのだ。

——有為の奥山今日《けふ》越えて　浅き夢見しナントヤラか……　先ず、礎石を固めねば。見晴らしを期待するなど百年早い——

静謐《せいひつ》な空閑は伸びた梢《こずえ》ですでに薄暗い。蒼然暮色の深閑に向かって妻の名を叫ぶ。山彦《こだま》も返らず前にも増した取り籠《こ》まれそうな静寂、よだつ身の毛怖気《おじけ》に自嘲で抗《あらが》いながら深邃《しんすい》の夕刻がせまる山頂を後にした。

「俺は元気だ、見てみろ、俺は生きている、生きているぞ…妻よ、吾子《あこ》よ、待ってろよ、父ちゃんはもう直《じ》き帰るぞ。サナゲかムナゲか知らんがこんな山ぐらい一っ走りだ」

迫る夕暮れと競うように駆け降りる。芽吹き始めた灌木《かんぼく》の下の仄《ほの》白く浮かび上った間道《かんどう》を足早に抜けると往還に出る。途方に暮れ瀬戸際を終わりにしたいばっかりでふらふらとうらぶれてバスに揺られたあの道路だ。ああ、想いは駆け巡る。——〝国破れて山河あり、城春にして草木深し〟不安は底をついたのか、トホホから一歩前へ踏み出そうとする胸の中——

この地で過ぎ去った時間は確かに自分だけのものだった。生涯においてこれ以上の贅沢《ぜいたく》は許されないだろう。何かを成し遂《と》げた訳ではない。あの折溺れまいと掴《つか》んでいた一把《わ》の藁束《わらたば》で綯《な》った、か細き縄で縛り付けたもの、素地に転がした縄文、手繰《たぐ》り寄せた先にあったもの、相変わらず遣《や》りたいことは取り立てて無い。だが遣らねばならないことははっきりしている。成りたい人をやっと見つけた。幸い働き者の出自だ。土台矜持など無い氏と育ちだ。何に恥入り臆することがあろうか、人間身を粉に働いてナンボだ。この座右の誇りと大志だけで生きてゆくに充分だ。その自らに恃《たの》む所から滲《にじ》み出たものが生きた証《あかし》だ。決して容易に数値化できない値打ちというものだ。妻とて銅線で拵《こさ》えたコレカラットの結婚指輪を嬉し誇らし気に肌身に着《つ》ける、そんな水面《みなも》に映る月を汲《く》んで愉しめるような女だ。かけがえのない家族は姿や声が、走り寄れば正に手足の届く近在に暮らすに越したことはない。

かなたの気持ち添わせる人ももしかしてあのひっそりと煌《きらめ》きを増しつつある今宵の明星を見上げてはいまいか。

成形された茶碗は余熱乾燥の段階で石膏型に乗ったまま割れだした。日に日に増えてやがて殆どに亀裂《きれつ》が生じた。それは素焼き前の半乾き状態なので水で戻せば粘土として再使用が利く物ではあるが、次の持ち場へ影響することなのでミッちゃんへ報告すると

「そうか」

と例の示唆《しさ》を含んだ笑顔で言った切り妙に素っ気無い。去りゆく者への贐《はなむ》けと受け取ることはたやすい。そんな対応は覚悟の上なのだが、この状態のままでは仕事は辞められない。侘《わび》住まいの気儘《きまま》さも淋しさも残された時間への意識も遠くなっていく。

それにしても亀裂の断面の光沢《つや》が気になる。可塑《かそ》性が低下しているのは明白なのだがその原因と果して技術でのカバーがどこまで可能なのかが掴《つか》めない。捗々《はかばか》しくはないが、取り敢《あ》えず遣《や》れるこ

とを遣るしかないか、どうせ間に合わせ弁当ぶら下げて工場行って、帰りに風呂済まして後は三日目のカレー喰うか豚汁の鍋底掠《かす》って寝むるだけの何の気兼ねも知恵も使わない生活だったのだ。

上下のローラーの適度な摩擦抵抗を生み出す回転数とその差、それは一分間に三百回転の場合と四百回転の場合では当然異なる。その最良の組み合わせを探《さぐ》り出す、それもスピードガンは無くゲージ一本と勘での匙加減。面白くない筈が無い。毎日使う食器である以上、耐久性や持ち加減、たたずまいの形状にも配慮せねばならない。割れなきゃどんな形や厚みでも構わないという訳にはいかない。どんな仕事にも拘泥《こうでい》の譲れぬ一線がある。

――物事は届かなければ工夫する。間に合わなければ機微《きび》が生まれる――

私事にかまけ、離職までの一日一日を単に消化していたことに反省しながら取り組めば、知らずに没頭している自分が嬉しくて、沈潜一図で時を忘れるがおっとどっこい、それでも半数は割れる、これでは残りの半数も製品として責任が持てない。歩留《ぶど》まりの問題ではない。限界だった。通り掛かった専務に音を上げるとミッちゃんが呼ばれた。

「もう、これ以上は無理ばい…」

と説明する側《そば》から

「よう遣ってちょうた、実は無断で粘土を換《か》えていた。コスト削減を考えた上でね、今使ってるものは三種類の粘土を調合したものだが、その配合具合が判ったよ。」

とできないものも成果のように言ってくれる。

「ミッちゃん、その事伝えてなかったの」

と内実を知らない専務。

「一つだけ方法が考えられます。上のローラーの形状に手を加えて茶碗の腰から胴に当る部分に目視では解らない程度の厚みを持たせる遣り方ですが、文字通り見込みの部分なので結果は遣ってみないことには…」

「ううむ、それは止めとこう。このローラー一個でおまはんの年収を軽く越える。でもメーカーにその事を教えたら喜ぶだろうね」

と、そのローラーの横っ腹を撫《な》でている。

自給自足や棒給の生活とは又違う無駄の捕《とら》え方、その領域の計り知れなさに接し、この道も又人の求《もと》むべき一本の道かも知れないと思えたが、何等《なんら》の成果も出せなかったこの三日間の日当はいらないと短絡に勘定《かんじょう》するような性分にはそぐわないと直《す》ぐに思いは攻守を代える。

到頭《とうとう》か漸《よう》やっとか辞表に明記していたその日が来た。明確な姿勢や言葉を示さない会社に少しの苛立ちと途惑いが宙ぶらりんに一日が過ぎてゆく。いよいよ明日引っ越し業者が来る手筈で今更じたばたしても仕様がないのだが吾に返れば漫《そぞ》ろな自分が居る。給料日でもあるその日は他の職工の帰りも早い。日頃《ふだん》より念入りに掃除を済ませて事務所へ行けば、給料袋を手渡しながら、

「ご苦労さん、今からこの前の焼肉屋で一寸いいかな」

「あ、はい」

昨夜《ゆうべ》はドレッサーの引き出しの試供品だらけの化粧品を前になんやかやが想い起こされて手が止まり捗《はか》どらなかった荷造りの残りが気にはなったが高は知れている。改めてお世話になった感謝も伝えたい。

席に着くなり

「おまはんはどないな焼物がいいと思やあすか」

とユーさんの想いもよらぬ質問が飛んでくる。

「それは今やってる飯茶碗のことですか、志野とか織部とか黄瀬戸とかの…」

「いやいや、どんな思いで仕事や器に向き合っているのか一度訊《き》きたかったものだから」

言葉にしようとするとスルリと躱《かわ》される感覚に焦《じ》れて

「答えには成らないでしょうが今迄やってきた飯茶碗はおっぱいのイメージです」

「何？　おっぱい…」

「女性の乳房です」

「あははは、なるほど解かる気がする」

「うふふふ、どこかで聞いた覚えがある。そないな説もあるらしいぞ」

と半分横槍のミッちゃん。

この町に漂着した最初の晩、雪中の火の持て成しの心地《ここち》で社長宅の食堂の椅子に腰を降ろすと目の前に真白な茶碗が並べて伏せられていた。御飯も汁物も自社製の飯茶碗で間《ま》に合わせるこの家では、自然に習慣になった日常の見慣れた光景なのだろうが、心細い新参者には瞬時に生の営みを象徴する神聖な儀式を切り取ったように映った。ん？　と感覚を凝《こ》らせばその二個の茶碗が秀麗《しゅうれい》の乳房に観えるためらしい。幼な心か助平心か知らないがそれは確かに心に染みた。それ以来問屋や店先で見掛けるとつい手に取っての判断基準は乳房の持つ優艶さと包容を感じさせるか否かだった。

大平白状の心持ちで二人を前に吐露するとユーさん。

「たかが茶碗、されど飯茶碗ってか」

「おもしろい話だ、なんや知らん嬉しいね」

と横槍の人も珍らしく相好を崩しながら

「他には？」

他にはって、別れになる最後の夜にこんな話をしてて良いかどうか迷いながら

「これはって見入る焼物は先づ形が目に飛び込み次に色彩と融合し合って魅惑してきます。相乗効果というのか、ほら志野焼で言えば積雪から雪解けの始まりを想わせる迄は溜息《ためいき》が出るほどうっとりしますが鉄分の赤味が増すにつれ雪解けの泥道を連想してしまう。同じ鉄分の多い土でも名脇役を想わせる鼠志野の奥ゆかしさには惹かれますが…」

「外《ほか》には？」

外にはって。子供の時分《じぶん》から身近にあった者とは又違う視点観点があるかなと思って訊いていると言われれば

「手前勝手な見立てですが青磁と瀬戸黒は全く世界の違う焼物ですがあるボーダーを越えると退廃の気配がしてくる所が似ています。健全さがなくなり迂闊に近寄ると危ない、青磁のあの浅葱色《あさぎ》といったら…いっそ白磁を追求した方が健康的ですよ」

「…青磁に凝《こ》って、否歟《いやはま》って家業そっちのけになってしまい今は細々と一人で青磁を焼いている昔の仲間がいてね…」

専務のユーさんは私に酒を勧めながら何かを合点したように頷《うなず》くと話題を変えてきた。

「黄瀬戸といえば永仁の壺事件、知ってる？　あれ古瀬戸焼きと云ったかな、どう思う」

「とやかく言えた立場ではありませんが考古学の分野、瀬戸という領域、唐九郎の領分、とつい興味を覚えてしまう、単純に正邪で結着を見たくないというか着けられない事件ですよね。製作までは並外れた陶工の真っ当な行為で途中から犯罪性を帯びてくる。関心を呼ばない筈がない。当時はすごい騒ぎだったんでしょう」

思い込みを捨て思い付きを拾うように古窯跡を歩き佇み掘り返す。検証、実証、編纂《へんさん》と全身全霊で打ち込む稀代《きたい》の作陶家加藤唐九郎。その彼が銘文まで入れて作った黄瀬戸の壺の似せ物が贋物なのに本物として歩き続けた二十余年に渡る経緯と真贋《しんがん》の解明に関係者が騒然となったのが永仁の壺贋作事件と呼ばれているものでその壺の重要文化財指定が発端だったと伝わっているのだが…。

かねがね人の行動には遠因があると感じてきた。珍聞奇聞のこの事件には彼が三十四、五才で出

版した "黄瀬戸" の中で本来崇めるべき陶祖藤四郎の存在を虚妄としたことから地元瀬戸で反感を買い確執を生んだことが背景にあると想像できる。出版から二年後守山へ転居すること二、三年後に問題の壺を製作したというから大よそ四十才。油の乗りきった彼を駆り立てたもの、生来の反骨心、しこり、憤懣、再元可能な技術の裏付け、そして彫琢《ちょうたく》の素地《そじ》。その職人としての自信と探求心複雑に絡《から》んだそれらのものが、ふと持ち前の茶目っ気や婆婆っ気を誘い助長させたもので他意は無かったに違いない。むしろ問題なのは発覚後の彼の取ったどこか見物人のような言動で、蜂の巣を突っついたような事態を徒《いたずら》に長引かせ事件と呼ばれるまでに大きくしてしまった事だろう。

かくて毀誉褒貶《きよほうへん》にまみれた彼は自己顕示誇示の功罪を知った昨今、一周回って世俗的な欲を捨て透徹《とうてつ》した世界の無名の陶片朴に自ら帰ろうとしているように想えてならない。

「それにしても並大抵の探求心じゃないですよね…この町にはそれを育む土壌があると思います。すみません、私が言うと取って付けたお世辞みたいですよね」

「いやいや、あの件では随分と世間を騒がしたから…あの仁も以前は一里塚辺りに住んでたんじゃなかったかな…ところで仕事辞《や》める気持ちは変わらなんだか」

私は折にふれて、この他利優先のユーさんとの出会いの有難さを感じていた。謝意を込めて翻意の無いことを告げると

「そないな料簡じゃ長生きでけへんぞ」

と言い出したミッちゃんを片手で軽く制したユーさんが

「そうか、残念だが仕方ない…もしこっちの仕事をやってみたいという友達や知り合いが居《お》りゃーたら是非紹介してくれ」
と自分に都合の佳かことばっかしの弁明で小さくなっていく私に更に頭を下げずにおれない言葉を頂くのだが、泥舟に乗りかねない私を案じての小言《こごと》を中途で遮《さえぎ》られた形のミッちゃんは
「誰が使ってもあのローラーマシンが万端旨《うま》く操作できるように手引書というか取扱説明書を作成して行ってちょ」
と腹の虫が納《おさ》まらないのかまだ引き留める気。節句働きの恥かしさを伴いながら
「このトリセツでご容赦下さい」
と図面《イラスト》混じりのレポート用紙数枚手渡せば
「ほら、頼まなくてもこないなことをするんだわ、おまはんは」
――ん？　褒《ほ》められている？　図に乗りそう――
「いえいえ、取って置いたデータを整理したもので、ブランクで戸惑う浜ちゃんの一助に成ればと想っただけです」
徐《おもむろ》に事務封筒を差し出すミッちゃん
「こういう前例は無いんだが…気持ちだ、取っときゃあ」
心身で息衝《いきづ》く余禄の上に慰労金なのか餞別なのか想いも寄らぬ金一封を戴いた。
奇利を博する思いも強かったが雨露の恩人を前にして何も報えない事に両手を着いた。

――金銭は額面だけではない。むしろ出所、出し所の値打ちの方が……――

寝静まったアーケードを抜け、灯の落ちた祖母懐湯の斜向《はす》かいの路地へと近道を漕《こ》ぐ。再びバス通りへ出た所で一台のパトカーと出喰す。不審者を観る眼とまだどこかに申し訳無さを残した私の目が合う。そうでなくても犬猫一匹通らぬ深夜、暗がりから飛び出た自転車が乗る男の体躯と不相応とくれば、あいたー来るばい厄介事がと気が走る。パトカーの車内の温《ぬく》みで一気に襲う睡魔。

「この私が自転車泥棒に観えますか」

無精な髭髪と汚れた作業着、反論の端《はな》っから自分でも見えるかも知れないと感じていた。

「ほら、そのアパートの二階の道路に面した部屋に住んでます、知り合いを……」

と証人を呼びたいけど時間が時間、灯る明かりは無い。無線で何やら伝えていたがその返答のうんざりする程に遅い事。辟易《へきえき》の梨の礫《つぶて》を喰いながら払う眠気のしつこさと不毛な時間への苛立ちに吐《つ》きたくもない嘘も衝《つ》いて出て

「明日にして下さい。逃げも隠れもしません。ずーっとあの部屋に住んでますから。買った自転車屋へも同伴しますから。もう横に成りたいんです。布団に這入りたいんです」

そして翌日、日本通運の引っ越し用コンテナのガラガラに空《あ》いた荷台を前にして閃いた名案。その空間を指差しながら

「九州迄俺もここに乗せてってもらえませんか」

と軽口を叩いて業者を困らせながら、さて他に遣り残した事は…引越代金八万二千円に寝台特急は一万一千二百円か、などと脳内を駆け回る数字に惑わされながら、所帯を持つとはこういうことか…。明日迄待てば浜ちゃんにも会えるかもの想いも踏み止め、今年になって足繁く通った図書館へ返却がてら社長の入院先浅井病院へと向かう。お世話になった目の前の御夫妻とももう生きて会う事は無いだろう。会者定離の汀《ともしび》が涙で霞《かす》んでせめて見舞いの花ぐらいは、と手ぶらで来たことを悔いた。然《さ》り気無く気に掛けて頂いたこと、物作りの手解きなど生涯忘れえぬ時と場所と人達に恐縮ひとしきり。

――煙が目に滲みる…… さあて用事は皆済んだ…そろそろ行くか――

生きていく技術は何も身に付いていないのにこの昂揚とした気分は一体何だ。知らずに足早になる自分を宥《なだ》めながら胸一杯に外気を吸う。二度と戻らない今という過ぎ行く時間へ向う意識。相変わらず薫陶を頂いたこの町も人も私の事情などにはお構い無しでそれぞれの日常を、ていねいに、そして悲喜交々《こもごも》の苦楽糾《あざな》う生活が続く。解の出無いとりたてるほどもない出来事が繰り返される日々をひたすらに生きている。

――あの時私が踏み止《とど》まれたのは、この人達とこの場所とが繋ぎ止めてくれたからだ――

あの求人の立看板が見えてきた。やはり縛り金具は緩《ゆる》んだままだ。角度を直し針金をラジオペンチで締め上げる。世話になったなありがとうと小声を掛けて名鉄瀬戸駅へと歩を進める。橋の欄干の袂《たもと》で折々の夕泥《ゆうなず》に残照の濃淡と遠近を追った土山の方角へと自然顔が向かう。

「ピーヒョー…」

その青味《あおみ》を増しゆく気流昇る上空に一番《ひとつが》いのトンビが一部が交わる相似の円を描いている。

「ピーヒョロロロー」

いつになく尾を引く鳴き声。惜別と郷愁と人恋しさが相前後して胸に溢れ言葉に成らない呻き声一つ、大きな息を二つ三つ。

魚など棲息しない川と削り取られた山肌の決して餌が豊富とは想えない土地で生きるおまえ達を、今この時最も身近に感じているに違いないこの私も、かけがえのない者と共に生きていくことを軸に据《す》え、有為天変の流れではあろうが身を預けようと思う。この身を賭して日常茶飯の糧《かて》ぐらいは稼ぎ出す覚悟だ。

再び失業者と成ったが安定や余裕が無いからこその、立ち向かうところに炙り絵のように滲み出てくるものを縁《よすが》に生きてみよう。明日は今日という一日の過ごし方次第。紡《つむ》ぐ日常の思いがけない絵柄をわが道程の挿《さ》し絵としよう。

そんな想いと春寒料峭《りょうしょう》身にまとえばどこからともなく槌音《つちおと》の韻律。その響きを汐《しお》に振り向き振り返り、この町を後にした。

――いつの日か…きっと……

田一枚　植えて立ち去る蕉翁《しょうおう》の　笠摺《す》る畔柳《やなぎ》　ゆくか交叉路《ろ》――

あの日々から四十余年の歳月が過ぎていた

# あとがき

『しもた、書いてしもた』正直そう思っている所もあります。

いつしか形有るものは壊れ、記憶は薄れゆく。大切な人は一人またひとりと旅立ち、節目の古稀も近づくとできることは年々減る一方。そんな中、恥と汗だけでは飽き足らず、と言うより性懲りも無く、足掻《あが》いてまで言葉を書きつらねることになろうとは我ながら……

歩み来た生活道路の修繕や拡幅工事の折々に出土した、化石や遺物を手に呟く独り言のようなもので、他意はなあんもないと。

出会えた人の寛容や、自然の包容に再会できたようで……

ぜひともお礼を言っておきたくて……

間違いや思い込み、誤字脱線は大目にみて貰うとして、無断で出演して頂いた方々や、登場願った場所や歌詞の面々には、この場を借りてお詫びとお礼を申し上げ奉ります。

著者

著者紹介　七瀬　清孝

本名　柳瀬　清孝

昭和 27 年（1952）　福岡県朝倉郡小石原村（当時）で生れる

昭和 49 年（1974）　福岡大学第二商学部卒業

春の氷雪　― 記憶の記録 ―

ISBN978-4-434-29219-4　C0093

発行日　2021 年 7 月 15 日　初版 第 1 刷

著　者　七瀬　清孝

発行者　東　　保司

発　行　所

櫂 歌 書 房

〒 811-1365　福岡市南区皿山 4 丁目 14-2

TEL　092-511-8111　FAX　092-511-6641

E-mail:e@touka.com　http://www.touka.com

発売元　星雲社（共同出版社・流通責任出版社）